KB063307

껍데기를 잃은
달팽이

껍데기를 잃은
달팽이

글쓴이 나봄

자상한시간

차례 。

10 **프롤로그**
    내 아픔이 위로가 될 수 있다면

1장。

사춘기가
뭐라고,
나의
세상이
무너졌다

18 시간을 이불처럼 끌어다 덮어줄 수 있다면
24 쓰나미 앞에 파도가 있었다
31 새끼를 잃어버린 어미의 몸부림
38 아이가 신발을 신기도 전에 엘리베이터를 탔다
45 1박 2일만 실컷 울다 오고 싶다는 남편
51 아이에게도 그만한 이유가 있었다
60 정말 부모 탓일까? 수 없이 되묻고
66 실체 없는 불안과의 싸움, 숱한 헛발질

2장。

살기 위해
뭐라도
붙잡고
매달려야
했다

74   아이에게 문제가 있어요, 심리상담센터
83   도대체 넌 어떤 아이니? 기질 성향 상담
89   원래 그런 아이가 아닙니다, 담임선생님
96   얼마나 위태로운가요? 위클래스 상담
100 불안에 압도당할 때, 1388 청소년 상담 전화
106 온몸으로 발산하길, 연극치료
113 상담 말고 병원은? 소아청소년정신과
117 네 인생이 궁금은 하니? 아이의 신점 상담
124 자식 불안 끝은 어디일까? 엄마의 신점 상담
129 아이 앞날은 아무도 모른대요, 나의 하느님

3장。

**10대의
아픈 영혼이
이제야
보인다**

134 화장이냐 분장이냐, 슬픈 삐에로들

138 자신을 지켜주는 갑옷, 인싸

143 주인공이 되는 삶, 너의 부캐

146 어른 세계에 대한 동경, 아직은 어린 철부지

152 다양성을 인정하지 않는 이름, 부적응

159 자퇴와 자취, 아이의 속사정

166 너의 수업 시간표 VS 인생 시간표

4장。

**자식이
부모를
키운다**

172 다정한 아빠가 필요한 아이

177 부모가 A라고 자식이 A-1이 아니다

182 부모의 불안, 스스로 다룰 수 있어야 한다

188 자퇴의 후폭풍, 피해갈 수 없는 숙성의 시간

193 지금은 바라봐 주고 응원해 줄 때

5장.

온전히
아이를
품기 위해
나를
돌아봐야
했다

202 따스한 돌봄이 그립던
　　　　　　　　　유년의 나에게

209 마음 기댈 데가 필요했던
　　　　　　　　　10대의 나에게

214 어수룩하고 혼란스러웠던
　　　　　　　　　20대의 나에게

218 엄마의 자리를 몰랐던
　　　　　　　　　30대의 나에게

221 뒤늦게 자신을 찾아 헤매던
　　　　　　　　　40대의 나에게

225 〈인생 제50장〉 나의 化樣年華를 위해

6장.

달팽이,
낡은
껍데기를
벗고
상처를
말리다

230 어느 순간 왕따가 된 나

235 화장, 외모에 올인

237 탈출? 가출! 개고생과 맞바꾼 해방감

241 귀가 시간과의 전쟁

243 엄마, 내가 이런 딸이라서 미안해

245 나에게 SNS란?

246 부모님은 몰라, 나의 마음을

248 함께 있어도 그리운 사람, 아빠

251 다음 생에는 엄마 친구로 태어나고 싶어

254 **부록**
상담 선생님이 보내온 마지막 문자 메시지

258 **에필로그**
엄마의 치유가 아이의 치유를 앞당길 수 있다

* 일러두기

1. 책 속에 등장하는 모든 이름은 개인정보가 드러날 수 있어 가명을 사용했다.

2. 학교나 기관에서 있었던 에피소드는 지극히 저자 개인의 주관적인 견해임을 밝혀둔다.

3. 6장은 저자의 딸이 직접 쓴 글이다. 딸의 원고는 거의 수정하지 않고 그대로 실었다.

프롤로그

내 아픔이
위로가 될 수 있다면

"엄마, 나 좀 학교에서 구해주면 안 돼?"

아이의 말 한마디에 머리가 핑, 어지러웠다. 제발 피해가고 싶은 말이었는데 또 나왔다. 아이는 중학교 3학년 때부터 '왜 자퇴를 하면 안 되냐' '학교는 왜 꼭 다녀야 하는 거냐', 한 번씩 징징거리던 아이였다. 단순히 학교 가기 싫어서는 아니었다. 아이에겐 확실히 '학교 부적응'이 있었다. 안타깝게도 우리 아이는 중학교 때까지 학교에 대한 좋은 기억이 거의 없다. 그런데도 나는 '학교는 무조건 가야한다'고 했다. 학생이라면 성실히 학교생활을 해야 한다는 게 나에겐 너무나 당연했다. 아이도 힘들었지만 나도 마찬가지였다. 아침 저녁으로 아이 눈치 살피랴, 달래가며 학교 보내랴, 에너지 소모가 말이 아니었다. 간신히 의무교육을 마치고 졸업하던 날, 중학교 졸업장이 그토록 대단하고 뿌듯한 것인 줄 그때 처음 알았다.

그 후에도 아이는 고등학교도 갈까 말까 애매한 태도를 보였다. 도대체 무슨 생각인지 나로서는 애간장이 녹았다. 그런데 고등학교에 입학하자 아이가 달라졌다. 그동안의 걱정이 무색할 만큼 학교를 열심히 다녔다. 새로운 분위기, 새로운 관계가 좋았는지 아이는 한껏 들뜨고 기대에 부풀어 새벽같이 등교를 했다. 하지만 아이의 흥은 몇 달이 지나자 시들해졌다. 여름방학 전후로도 몇 번의 고비는 있었다. 그러다 고등학교 1학년 10월의 어느 날 밤, 침대 머리맡에서 듣게 된 말이 결국 '자퇴'였다. 아이는 '구해달라'고 했다. 어느 때보다 목소리가 무거웠다. 그때 나도 모르게 이런 말이 나왔다.

"그래. 애썼다!"

아이 말 속에 숨은 결의를 순간적으로 직감했기 때문에 튀어나온 말이었다. 어떻게 하는 것이 아이를 지키고 도와주는 길일까. 여전히 안갯속을 헤매는 기분이었다. 하지만 그럴수록 정신을 차리고 중심을 잡아야 했다. 나는 엄마니까.

이 책은 지구를 들어 올리는 힘으로도 한 아이의 마음을 어찌하지 못해 몸부림쳤던 어리숙한 엄마의 이야기다. 자식을 키우면서 '내 자식이지만 어떨 땐 너무 밉고 싫다'는 생각을 해보지 않았다면 이 책은 더 볼 것도 없이 여기서 덮어주길 바란다. 자식을 잘 키우며 잘 지내고 있는 양육자에게까지 내 양육의 남루함을 보이고 싶지 않아서다. 하지만 사춘기에 접어든 10대 아이를 키우며 가슴앓이를 시작한 부모, 다소 권위주의적인 부모, 앞만 보고 달려온 자수성가형의 부모, 성취주의의 부모, 그리고 부모 자신이 어릴 때 양육환경이 그리 좋지 않았다면 조금이라도 눈여겨보길 바란다. 또 언제 끝날지 모를 아이의 방황을 지켜보며 아무 것도 해줄 수 없는 무력감에 절망의 시간을 보내고 있는 부모도 봐주길 바란다. 너무 힘들어서 부모란 이름표를 떼버리고 싶은 부모, 지금은 비록 힘들지만 이 시간을 잘 이겨내고 보란 듯이 키워내고 싶은 부모. 그런 양육자라면 나와 우리 아이의 이야기로 위로받길 바란다.

1장은 거칠고 험난했던 우리 아이의 사춘기, 그 절정의 나날을 회상하며 썼다. 한편으로는 내 양육의 총체적 민낯이 드러났던 시간에 대한 고백이기도 하다.

2장은 마음에서 잃어버린 내 아이를 다시 찾기 위해 몸부림쳤던 시간이다. 도저히 혼자서는 그 고통을 감당할 수가 없어서 누구라도 붙잡고 매달려야 했다. 어떻게든 버티고 견뎌야할 때 나를 붙잡아준 사람들과 그들에게 받은 도움에 관한 이야기다.

3장은 내가 아플 만큼 아프고 나니 그제야 보이기 시작한 아이의 마음. 딸과 또래 아이들의 이야기를 담았다.

4장에서는 자식 때문에 내가 아팠는데 그렇게 되기까지 무엇을 놓쳤는지, 내 양육에 어떤 결핍이 있었는지를 돌아봤다.

5장과 6장은 나와 아이에게 가장 용기가 필요했던 이야기다. 나는 내 안에 아이가 들어올 자리를 위해 내 안의 아픈 나를 떠나보내야 했다. 6장은 아이가 낡은 껍데기를 벗고 새로운 껍데기를 위해 자신의 상처를 드러내고 말리며 쓴 이야기다.

격렬하게 흔들리고, 술 취한 걸음걸이처럼 비틀거리며 가던 아이의 나날. 그런 아이를 붙들고 씨름해온 지난 3년간의 시간을 돌아보며 생각했다. 폭풍우 한가운데서 같이 흔들리고 휘둘릴 때는 절대 내 아이의 아픈 영혼을 볼 수 없다는 것. 그리고 내가 눈물로 씻어내야 했던 것이 내 아이의 모습이 아니라 내 안의 나였을 수도 있음을. 그걸 깨닫고 나니 비로소 내 아이가 말갛게, 또렷이 보이기 시작했다. 이제야 아이를 향한 마음의 눈이 떠진 것이다. 내 아픈 상처에 대한 기록이 누군가에게 위로가 될 수 있다면 기꺼이 내어주고 싶다. 나의 이야기가 타인의 마음에 가 닿을 때, 얼굴 한 번 본적 없는 우리지만 '부모'란 이름으로 공감하고, 자식을 위한 유대와 연대감을 느낄 수 있지 않을까? 그렇게 해서라도 우리는 아직 더 견딜 힘이 필요하니까.

2023. 묵은 해를 벗고 새해를 시작하며

1장

사춘기가 뭐라고,
나의 세상이 무너졌다

"사춘기는 청소년기 이전, 아동기까지
주요발달 단계에서의 경험과 영향이 모두 드러나는,
양육의 '민낯이 드러나는 시기'다."

- 김붕년(서울대병원 소아청소년정신과)

시간을 이불처럼 끌어다 덮어줄 수 있다면

"시연이는 오늘 안 오겠대요? 그럼 어머님은 아이 때문에 뭐가 가장 힘드세요?"

마주 앉은 소아청소년정신과 의사가 내 표정을 살피며 묻는다. 오늘은 시연이의 정기 진료일인데 갑자기 귀찮다며 안가겠다고 하는 바람에 나만 오게 됐다. 예약시간에 나라도 상담을 받아야겠다 싶어서 진료 등록을 하고 의사를 만났다. 한편으로는 지난 2주간 아이가 어떻게 지냈는지, 내 속을 또 어떤 형태로 썩이고 있는지 고자질이라도 하고 싶었다. 다른 소아청소년정신과도 그렇지만 이 병원도 한 번 진료를 취소하면 한 달 안에 다시 예약 잡기가 어렵다. 믿고 싶지 않지만 소아청소년 환자가 넘쳐난다. 심리적 응급 상황이어도 접수조차 어렵다. 그만큼 귀한 시간이자 소중한 기회. 그런데 무책임하게 당일 취소라니 있을 수 없는 일이다. 아이가 안 온다면 나라도 의사를 만나야 했다.

"힘든 거요?"

"아이에 대한 걱정이나 가장 불안한 거요. 예를 들면, 어떤 엄마는 아이 성적이 떨어지면 너무 불안해서 어쩔 줄 몰라 하시고요. 또 어떤 엄마는 아이가 이성교제나 성적인 호기심에 눈을 뜰 때 상당히 불안해하세요. 이런 걸 보통 부모의 기대치라고 하는데 다른 건 몰라도 이것만큼은! 그런 게 있거든요. 그게 잘 안되면 너무 힘들어 하세요. 어머님은 어떤 게 제일 그러세요?"

막연하다 싶었던 질문이 갑자기 내 안에서 또렷해졌다.

"아무 것도 안하는 거요. 그냥 식충이? 이런 표현이

어떤지 모르겠지만 먹고 자고 싸고 누워서 핸드폰만 보고. 그러다 밤이 되면 답답한지 잠깐 나갔다 오기도 해요. 약속이 있는 날엔 아슬아슬하게 밤 12시에 맞춰 들어오고요. 아빠랑 그 사달이 난 뒤로는 그래도 귀가 시간은 지켜요."

"아마도 오늘 안 오겠다고 한 건 제가 느낌이 오네요. 의사인 저도 요즘 잔소리 같은걸 하고 있거든요. 다른 친구들은 어떻게 지내냐, 그거에 비해서 자신의 생활은 어떤 것 같냐. 아무래도 듣기 싫겠지요."

듣고 보니 시연이가 했던 말이 떠올랐다.

"아니, 뭐 그렇게 자주 가? 귀찮게. 아직 약도 남았잖아. 한 달에 한 번 가던 걸 갑자기 왜 두 번? 가도 할 말도 없다고. 자꾸 막 물어보는데 의사가 내 친구도 아니고 이것저것 다 말하기도 그렇고."

그동안 자기 얘길 편안하게 들어주던 의사 선생님이 문득 그냥 보통의 어른처럼 느껴졌나 보다. 한편으론 자퇴 후 학교생활에 대한 스트레스가 없으니 전 보다 덜 힘들어서 그럴 수도 있다. 자기 마음이 불편하면 두 말도 않고 따라나서는 아이니까. 나는 의사 앞에서 '아무 것도 안하고 지내는 아이를 지켜보는 게 죽도록 힘들고 남편도 그렇게 생각한다, 나는 게으르고 식충이같이 사는 게 정말 너무 싫다, 뭐라도 했으면 좋겠다'는 하소연을 늘어놓았다. 그리고 시연이가 선생님 앞에서 어떤 이야기를 했는지 모르겠지만 집에서는 형편없이 지낸다고 일러바쳤다. 그랬더니 조금은 응어리진 속이 풀리는 기분이었다. 의사는 나의 이야기를 시간에 쫓기지 않는다는 듯 편안하게 들어주었다. 안 그래도 '엄마는 어떨까?' 걱정이 되기도 했다며 필요하면 와서 상담도 하고, 약의 도움이 필요하면 언제든 말하라고 했다. 그동안 아이의 주치의로만 생각했는데 갑자기 나도 기대고 의지할 데가 생긴 것 같아서 마음이 편안해졌다.

병원은 집에서 가까운 거리지만 교통편이 불편했다. 그래서 항상 택시를 이용했는데 오늘은 운동 삼아 걸어가기로 했다. 안양천을 넘어가는 다리를 건너는데 문득 시연이와 함께 걸었던 날이 생각났다. 그날도 병원 상담을 마치고 택시 잡기가 어려워 결국 걸어가기로 한 날이었다. 엄마랑 같이 좀 걷지 시연이는 저

만치 혼자 앞서 가고 있었다. 그때 아이 뒷모습이 외로워 보이기도 하고 아파보이기도 했다. 한편으로는 엄마를 나 몰라라 하고 앞서 가는 모습에 나도 외로움과 박탈감이 들었다. 그 순간 다리 아래를 내려다보는데 '여기서는 뛰어내려도 다리나 좀 다칠까 죽지도 않겠네?' 싶었다. 벌써 1년 전의 기억이다. 의사가 힘주어 말한 대로 지금의 아이는 분명 그때의 아이와는 다른 아이다. 다만 시간이 더 필요하다. 시연이가 스스로 '아, 내가 이렇게 살다간 안 되겠구나. 이러다가 난 정말 아무 것도 안 되겠다.' 그렇게 느끼고 깨우쳐야 검정고시 준비든 뭐든 시작하게 될 거란 말에 나도 동의 한다. 의사가 상담 끝에 내게 해준 말이 맴돌았다.

'그동안에도 최선을 다해 온 것을 안다. 다른 보호자들과 비교가 안될 만큼 잘 하셨다. 옆 길로 빠졌던 시연이가 결국 돌아올 수 있었던 것도 그동안 부모가 안전지대가 되어준 덕분이다. 집에서 재충전한 시연이가 그 힘으로 다시 또래들 속으로 들어갈 수 있었던 것'이라고. 마치 등이라도 토닥토닥 두드려 주는 듯 위로가 됐다. 그럼에도 혼자 300미터쯤 되는 다리를

건너와 뒤를 돌아보는데 아련하면서도 서글펐다. 곧
게 쭉 뻗은 다리를 보니 양창순 정신과의사가 자기 아
이에게 해주었다는 말이 떠올랐다.

"인생은 직선이 아니다. 네 뜻대로 되는 일보다 안
되는 일이 더 많다는 것을 빨리 깨달을수록 네 삶이
조금은 더 쉬워진다."

『명리심리학』 정신과전문의 양창순

혼자 상담을 마치고 돌아온 집. 설마 했는데 아이는
오후 3시가 넘은 시간까지 자고 있었다. 이불을 걷어
차고 한껏 웅크린 채 자는 아이가 미우면서도 안쓰러
운지 손이 먼저 이불을 끌어왔다. 그래. 이렇게 이불
처럼 시간을 끌어다 덮어줄 수 있다면 그렇게 해주고
싶다. 할 수만 있다면!

쓰나미 앞에
파도가 있었다

"엄마, 나 쌍수 해주면 안 돼?"

그 한마디가 거대한 소용돌이의 신호탄이 될 줄은 몰랐다. 뜬금없이 튀어나온 아이의 말. 돌이켜보면 그 말이 나온 이후 우리 집은 하나이자 전부였던 자식의 가출과 비행으로 쑥대밭이 되었으니까.

"갑자기 무슨 쌍수? 너도 자세히 보면 쌍꺼풀 있어!"

"아니, 속 쌍꺼풀 말고 나도 아빠처럼 크게. 아빠는 앞트임도 있고 쌍꺼풀도 큰데 나는 엄마를 닮아서 눈에 앞트임도 없고 쌍꺼풀도 거의 안보이잖아. 그래서 미간이 멀어 보인단 말야. 완전 찐따 같아!"

그 말은 나를 닮아서 자기가 그 모양 그 꼴이라는 얘긴데 어이가 없었다. 그래도 불쾌하기보다 걱정이 됐다. 시연이가 자기 얼굴에 너무 집착하는 것 같아서. 아니나 다를까

"엄마, 나 눈이 이상하지 않아?"

"엄마, 나 얼굴 너무 못생겼지 않아?"

거울을 보다가 갑자기 쪼르르 달려와서는 이미 답이 정해진 질문을 퍼붓곤 했다. 괜찮다, 예쁘다고 해도 '이게 뭐가 괜찮냐, 어디가 이쁘냐'며 따져 묻는데 사람을 괴롭히는 방법도 참 여러가지구나 싶었다.

그 무렵은 코로나19로 개학이 4월까지 연기된 터라 본의 아니게 겨울 방학이 길었다. 외출이 줄고 집에서 SNS로 또래와 소통하던 시연이는 날마다 거울을 들고 못생겼다며 자기 비하에 자기 저주를 퍼부어 댔다. 어떤 날은 왜 저렇게 거울을 들고 자기 학대를 하나 싶기도 했다. 나중에 안 일이지만 SNS에 올라오는 또래의 사진을 보고 시연이는 그 보정된 사진 속의

얼굴과 자기를 비교하다가 답은 수술이라고 마음을 먹었던 것이다. 시연이는 성향상 한 번 입 밖으로 내뱉은 말은 좀처럼 철회하는 법이 없었다. 말을 한 이상 자기 직성대로 해야 하는 아이였다. 수술해 달라는 아이의 요구는 날이 갈수록 심해졌다. 그때만 해도 우리 부부는 아이의 열등감을 이해하지 못했다. 지금 생각하면 또래에 비해 너무 작은 키, 애기처럼 작은 손, 한 눈에 봐도 초등학생처럼 보이는 외모가 콤플렉스가 될 만도 했다. 안 그래도 외모에 민감하고 인싸에 열망하는 시기가 아닌가. 시연이는 초등학교 5학년 때 학급에서 따돌림을 당한 적이 있는데 그 후로 또래 관계에 목숨을 걸었다. 남들보다 탁월한 화장 솜씨로, 인형처럼 귀엽고 예쁜 외모로 친구들의 관심을 받고 싶었을 것이다. 그때 시연이에겐 그것만큼 중요한 일이 없었을 테니까.

우리 부부는 시연이의 욕구와 고민엔 관심도 없이 그저 부모의 권위를 앞세워 아이 요구를 단박에 묵살해 버렸다. 안 되는 건 안 된다고 단호하게 말했다. 우리 눈엔 아직 어린 아이라 성형수술을 하기엔 너무 이르고 위험해 보였다. 무엇보다 이제 중학교 2학년인데 부모가 데려가서 성형수술을 시켜준다? 누가 들어도 미친 짓이라고 할 것 같았다. 부모가 아이를 설득하거나 자존감을 키워줄 일이지, 애가 해달란다고 무작정 수술을 시켜 줘? 아이보다 더 철없고 생각 없는 부모라고 손가락질 할 것 같았다. 그때도 우리 부부는 아이보다 우리가 먼저였다. 시연이의 몸부림보다 외부의 시선이 더 신경 쓰였으니까. 아무리 조르고 보채도 꿈쩍도 안하는 엄마와 아빠를 보면서 시연이는 무슨 생각을 했을까. 언제나 에너지 넘치고 활동적이던 시연이가 갑자기 방에서 나오질 않았다. 식음을 전폐하고 캄캄한 방에서 밤새 울기만 하더니 다음 날 저녁에 친구를 데려왔다. 자기 방에서 같이 자고 내일 가도록 허락해 달라며 친구 부모님한테도 허락을 받았다고 했다. 그렇게라도 시연이의 기분이 나아질 수 있다면 괜찮겠다 싶어서 허락했다. 다행히 재잘거리며 웃고 떠드는 소리가 밤새 방문 너머로 들렸다.

다음 날 아침, 시연이는 달랑 핸드폰만 들고 평소처럼 별일 아닌 듯 친구와 함께 나갔다. 그 길이 가출로 이어질 줄은 꿈에도 몰랐다. 평소 저녁 7시가 귀가 시간이었는데 밤 11시가 다 되도록 시연이가 들어오지 않았다. 조마조마하며 기다리는데 남편만 술 한 잔 걸친 채 들어왔다. 남편은 '애가 왜 여태 안 들어오냐, 빨리 전화해 봐라'고 성화였다. 그러다 술이 부족했는지, 자식의 생활태도에 부아가 치밀었는지 혼자 소파 아래에 술상을 펴고 잔을 기울이고 있었다. 아이의 전화기가 꺼져 있어 애가 타던 그때, 1층 공동현관에서 누군가 초인종을 눌렀다. 비디오폰 화면에 웬 남자가 아니 경찰이 서 있었다. 직감적으로 사달이 났구나 싶었다.

밤 12시가 다 돼가는 야심한 시각에 이게 무슨 일인가 싶어서 급히 현관문을 열었다. 경찰 세 명과 사복 차림의 남자까지 무려 네 명이 우리 집을 찾아온 거였다. 내막을 알고 보니 사복 차림의 남자는 어제 우리 집에서 자고 간 아이의 아빠였다. 어제 시연이가 데리고 온 친구는 자기 엄마와 싸운 뒤 집을 나갔고, 갈 데가 없어서 우리 집에 온 것이었다. 경찰이 파악한 바로는 지금 우리 시연이와 그 친구, 다른 아이들까지 총 네 명이 함께 있는 것 같다고 했다. 특히 위험한 것은 남녀 혼성이라 다른 사고로 이어지지 않게 최대한 빨리 귀가 조치가 필요하다며 협조를 부탁하고 갔다. 청천벽력이란 게 이런 거구나 싶은 순간, 취기 오른 남편이 앞에 놓인 술상을 걷어차 버렸다. 눈앞이 까마득하고 정신이 흐려졌다. 간신히 정신줄을 붙잡고 안방으로 들어가서 아이한테 문자 폭탄을 보냈다. 이대로 엄마를 버릴 거 아니라면 제발 연락을 달라고 통사정을 했다. 아이한테서 전화가 왔다.

"엄마, 애들이 전화기 끄라고 했는데 나만 잠깐 와이파이 켜서 엄마 문자 봤고 엄마한테 연락한 거야. 엄마, 나 오늘 안 들어갈 거야. 연락하지 마. 끊어!"

화가 나서 술을 더 들이켠 남편은 완전히 취했는지 그 와중에도 코를 골며 잠들었다. 밤새 나는 연락이 끊어진 핸드폰을 붙잡고 행여 남편이 깰까 봐 소리 없는 통곡으로 안방 바닥을 뒹굴었다.

다음 날 아침, 경기도의 모 파출소에서 연락이 왔다. 새벽에 아이들이 찜질방에서 잠시 와이파이를 켜 문자를 확인할 때 위치 추적이 된 것이다. 잠든 아이들을 붙잡아 놨으니 와서 데려가라는 것이었다. 그렇게 아무런 준비 없이, 예고 없이 충동적으로 시위하듯 실행한 아이의 첫 가출은 27시간 만에 끝이 났다. 하지만 원하지 않았던 방법으로, 원하지 않은 타이밍에 집으로 돌아온 시연이는 이미 눈이 돌아가 있었다. 단 하루 사이에 내가 알던 딸의 눈빛이 아니었다.

"인생 뭐 있어. 씨-발!"

시연이가 혼잣말로 내뱉은 한마디에 나는 집채만한 파도가 덮치는 듯 두려웠다. 그런데도 한 번으로 끝날 파도가 아님을, 곧 쓰나미가 닥칠 것임을 그때는 알지 못했다.

새끼를 잃어버린
어미의 몸부림

    시연이는 첫 가출 후 하루 만에 집으로 돌아왔지만 마음까지 데려오지는 못했다. 학교는 가도 시연이 마음은 여전히 밖을 떠돌고 있었다. 하교하기 무섭게 첫 가출 때의 친구들을 만나러 갔다. 눈치를 챘지만 그렇다고 아이를 묶어둘 수도 없는 노릇이라 피가 말랐다. 시연이는 마치 혈맹이라도 맺은 양 더 급속도로 친해진 그 녀석들과 뭉치고 본격적으로 어울려 다녔다. 그 넷 중에 한 남자 아이가 그날의 거사를 진두지휘한 모양인데 밖에서는 그 모습조차 멋있었는지 시연이의 남친이 돼 있었다. 이전까지 내 불안의 실체가 '충격과 놀람'이었다면 그 사실을 알게 된 날부터 내 불안의 실체는 '두려움'으로 바뀌었다.

시연이 남친의 집은 같은 동네가 아니어서 토요일 하루로 제한을 두고 만나는 걸 허락해 주었다. 누가 들으면 미친 거 아니냐고 하겠지만 달리 뾰족한 수가 없었다. 강압적인 그 어떤 방법도 안 통한다는 걸 우리 부부도, 남자 아이 부모도 알고 있었다. 차라리 부모가 개입하고 제한을 두되 허락된 시간에만 만나게 해주면서 달래는 것이 최선이라고 여겼다. 하지만 이 또래의 아이들이 그렇듯 부모가 최선을 다해 인내하며 '10'을 최대치로 정하고 '8'까지 허용을 해도 아이들에겐 '3'에도 미치지 못한다. 내내 불평불만을 쏟아내더니 간이 부을대로 부은 시연이와 아이들은 이전보다 더 과감해졌다.

7월의 어느 토요일 밤, 시연이는 부모와의 밀당이 아닌 온전한 자유를 외치며 또다시 친구들과 부산행 완행열차에 몸을 실었다. 바다를 보며 온전한 해방을 찾아서!

그날 밤, 아이가 오늘 안으로 돌아오지 않을 것을 알게 된 나는 처음으로 내 손으로 직접 가출신고를 했다. 경찰은 남녀 아이들이 함께 있을 땐 혹시 모를 성폭력 사고를 예방하기 위해서라도 가출신고를 꼭 해야 한다고 했다. 그러면 즉시 전국에 가출신고 정보가 뜬다며 안심하라고 했지만 나에겐 다른 뜻으로 들렸다. 말하자면 내 딸은 지금 전국에 수배령이 떨어진 거나 마찬가지였다.

처음이 아니라서 그랬을까? 우리 부부는 '이게 완전히 미쳤구나!' 하는 분노와 적개심으로 걱정은 나중이었다. 그래도 부모인지라 시간이 갈수록 타들어 가는 속은 이루 말할 수가 없었다. 수소문 끝에 아이들이 다음날 바로 서울행 기차를 탔다는 소식을 들었다. 그리고는 새벽녘에 집 근처, 평소 우리가 다니던 단골 찜질방에 와서 자고 갔다는 것도 알게 됐다. 그 후 남편과 함께 늦은 밤과 새벽마다 우리 동네뿐 아니라 옆 동네 찜질방까지 찾아다녔다. 아이들 사진을 보여주고 사정 이야기를 한 후 꼭 연락을 부탁한다고 애원을 했다. 그분들도 자식 키우는 입장인지라 우리 마음을 진심으로 이해해 주었다. '다 지나가는 한 때다, 좀 더 크면 분명히 달라진다, 우리도 다 그런 시간을 겪어 왔다'며 걱정어린 마음으로 애타는 우리 부부를 위로해 주었다.

여름의 아침은 일찍부터 시작되었다. 날이 밝으면 나는 주섬주섬 옷을 챙겨 입고 거리를 헤매기 시작했다. 어느 길로 가야 아이를 찾을 수 있을까. 정처 없이 헤매다가 버스 정거장 벤치에 힘없이 주저앉아 있을 때였다. 한 여름의 태양은 마치 자식도 제대로 못 지킨 어미라고 뜨거운 불길로 나를 심판하려는 것 같았다. '너 같은 건 뙤약볕에 말라죽어도 싸고, 타죽어도 싸다'고.

그때 누군가 강아지를 데리고 지나가는 모습을 보고 불쑥 생각이 올라왔다.

'개나 고양이 짐승들도 제 새끼는 지키거늘 나는 왜 내 새끼 하나를 못 지켜서 이러고 있나. 하나뿐인 새끼를 어디다 잃어버리고 여기서 이러고 앉아 있나.'

왈칵 눈물이 쏟아졌다. 그리고 멀리 사는 친정 엄마

생각이 났다.

'엄마, 내가 분명히 새끼 하나를 낳았어. 그런데 내가 어디다 잃어버렸나 봐. 어디서 잃어버렸는지 모르겠어. 어디서 찾아야 하는지도 모르겠어. 엄마….'

하루하루 피가 말랐다. 5년 같은 닷새가 흘렀다. 그때 처음 알았다. 전국의 수많은 형사들보다 더 힘 있고 정보가 빠른 사람은 바로 지금 사라진 아이들과 평소 연락하고 자주 만나던 주변의 친구, 선배들이란 것을.

나의 고통스런 몸부림을 본 시연이의 1년 선배이자, 시연이가 평소 아주 선망하던 한 여학생이 도와주겠다고 연락이 왔다. 중학교 3학년이 된 그 여학생은 나를 보면서 1년 전 자신이 했던 행동이 자기 엄마를 얼마나 아프게 했는지 이제야 절실히 느껴진다고 했다. 지금 시연이는 아마 엄청난 해방감에 빠져 있겠지만 꼭 돌아올 거라고, 분명히 엄마한테 많이 미안해할 것이며, 지금의 자기처럼 이번 일을 몹시 후회하게 될 거라고 했다. 그렇게 나를 안심시켜 주며 꼭 도와주겠다고 약속했다.

집을 나간 아이들은 위치 추적을 당할까 봐 핸드폰을 꺼놓는다. 비록 자기 부모한테는 연락을 안 해도 한 번씩 PC방을 가면 어떤 형태로든 친구나 선배들한테는 연락을 한다. 이번에 가출한 아이들도 그렇게 선배와 연락이 닿았다. 선배가 밥을 사주겠다며 가출한 아이들을 고깃집으로 불러내고 밥을 먹이는 동안 부모들이 가서 아이를 데려올 수 있었다. 결국 부모의 말보다 선배의 설득이 가출한 아이들의 마음을 움직였다.

그날 이후 아이의 가출은 더 이상 없었다. 집 나가면 얼마나 개고생인지 아이는 온몸으로 뼈저리게 느꼈다고 했다. 물론 가출 후엔 짜릿한 자유가 있지만 그게 얼마 가지 못한다는 걸 알았다. 가출신고가 접수되면 바로 경찰에 쫓기고 경찰차만 봐도 도망 다니기 바쁘다는 것도 경험했다. 당시엔 어차피 집으로 돌아가도 부모한테 죽을 것 같고 이래 죽으나 저래 죽으나 마찬가지여서 돌아올 생각을 못했다고 했다. 그때 퇴로가 열려 있음을 알려준 사람이 1년 선배였다. 한참

미쳐 날뛸 때 아이들은 모른다. 자기들이 안전하게 돌아올 곳이 있다는 것과 그 말을 믿어도 된다는 것을. 아이들을 답답해하기 전에 부모가 그런 믿음을 주지 못한 것이 더 뼈아팠다.

아이가 신발을 신기도 전에
엘리베이터를 탔다

　시연이가 돌아온 이후 나는 후회와 자책, 고통으로 몸부림치며 하루하루를 보냈다. 시연이는 학교생활에 흥미를 잃어버렸다. 몸은 돌아왔지만 마음은 여전히 학교 밖 어딘가를 떠돌았다. 시간이 안 가는 것 같아도 계절은 어느새 가을로 접어들었다. 찬바람이 불던 날, 시연이와 나란히 침대에 누워 있는데 나는 내가 잘못 들은 줄 알았다.

　"아, 집에 가고 싶다."

　순간 쿵, 하고 심장이 내려앉았다. 두근거리는 마음

을 가다듬으며 조심스레 물었다.

"그게 무슨 말이야, 지금 집이잖아? 집에 가고 싶다니 무슨 말일까?"

"그냥…."

몹시 낯설고 이해 안 되는 말이었다. 시연이뿐만 아니라 이 무렵의 아이들은 집이 편안하지 않을 때 그런 말을 자주 한다는 것을 알게 됐다. 마음에 안정을 찾지 못한 아이들은 학교에 있으면 빨리 집에 가고 싶고 집에 가서도 또 집에 가고 싶어 했다. 이 아이들이 가장 행복할 때는 당연히 학교 끝나고 학원 가기 전후에 친한 친구들과 함께 있을 때, 아니면 학교에 안가도 되는 날, 자기 침대에 누워서 친구들과 소통하는 시간이다. 그런 아이의 마음, 관심과 행동은 내가 귀 기울이고 관심을 갖는 만큼 딱, 그만큼만 보였다.

나는 시연이에게 유년기 때 채워주지 못한 결핍의 욕구들을 이제라도 채워주기 위해 노력했다. 아이가 원하면 밤 11시, 12시라도 좋아하는 삼겹살을 구워주었다. 학교 수업이 비대면으로 전환될 때는 색색깔의 예쁜 식기들을 사와서 카페 브런치 같은 아침상을 준비했다. 시연이가 기분좋게 하루를 시작할 수 있도록 방법을 연구했다. 때로는 엄마한테 미안해서라도 스스로 수업 준비를 하게 했다. 안아달라면 안아주고 옆에서 같이 자자고 하면 옆에 누웠다. 뒤늦게 다시 시작한다는 마음도 있었지만 내 아이를 뺏기지 말아야겠다는 생각도 있었다. 여전히 유혹의 손길을 보내고 있는 시연이 주변의 아이들. 엄마 사랑이 부족하거나 집이 더 이상 편안하지 않을 때 시연이는 또 그 아이들을 찾아나설 수 있으니까. 내 아이를 지키는 길은 밖의 아이들보다 더 많은 사랑을 주고 더 편안한 안식처가 되는 것밖에 없었다. 그거라도 할 수 있어서 다행이었다.

시연이에게 일상생활은 최대한 맞춰줄 수 있었는데 문제는 학교 수업이었다. 비대면 수업에 시연이는 집중은커녕 제대로 따라가지도 못했다. 방문을 열어 보면 어느새 자고 있고 출석 체크나 제대로 하는지 모를 지경이었다. 더 이상 이대로 겉돌게 할 수는 없었다. 시연이와 의논한 후 위탁학교로 옮겨 주었다. 교육청 산하 위탁학교는 대안 교육 프로그램으로 운영된다.

학적과 소속은 변함이 없고 등교만 위탁학교로 하는 방식이다. 보통 단기는 1~3개월, 길게는 1년 정도 다닐 수 있다. 위탁학교로 시연이를 보낸 이유는 조금이라도 더 의미있게 하루하루를 보내길 바라서였다. 아이한테 비대면 학교 수업은 형식에 불과해 보였고 귀한 하루하루가 모래성 쓰러지듯 흘러가는 게 안타까웠다. 우리 아이에게 공교육 외에 대안학교는 어떨지 한 번 테스트도 해보고 싶었다. 다행히 위탁학교에서 중학교 2학년의 남은 기간을 잘 마쳤다.

겨울 방학이 끝나고 새학기가 시작될 즈음 나는 고민이 깊어졌다. 3학년이 된 아이가 위탁학교가 아닌 본교에서 과연 수업을 잘 따라갈 수 있을까? 학력 격차는 어떨지, 행여 어려운 과목에 대해 이해를 못해서 수업에 집중하지 못하면 어쩌나 걱정이 한가득이었다. 급한 마음에 3학년 교과서와 자습서, 문제집을 과목별로 사왔다. 자습서와 교과서를 나란히 펼쳐놓고 내가 먼저 읽었다. 요점 정리하듯 형광펜으로 중요한 부분은 표시를 해두었다(시연이가 수업 시간에 무슨 말인지 못 알아들으면 엄마가 밑줄 쳐 놓은 부분만이라도 보라고).

영어와 과학은 교과서에 슬쩍 답도 달아 놓았다(행여 선생님이 질문하거나 발표를 시키면 당황하지 말라고). 내가 감당할 수 없었던 수학을 빼고는 교과서마다 내 손길로 흔적을 남겼다. 1학기 수업은 이걸로 어느 정도 버틸 수 있지 않을까 싶어서 조금 마음이 놓였다.

며칠 후 후배와 통화를 하게 됐다. 후배는 품행장애가 있는 청소년, 비행청소년을 중심으로 상담을 하고 있었는데 나는 내심 그 후배에게 칭찬이라도 기대했던 것 같다. 요즘 내가 얼마나 아이를 위해서 애쓰고 있는지, 얼마나 디테일하게 아이를 지원하고 있는지 근황을 세세히 들려주었다. 그런데 후배로부터 뜻밖의 말을 들었다. 후배는 최근 상담하고 있는 아이의 사례에 빗대어 조심스레 말했다.

"그 아이는 자기 방 밖을 오랫동안 안 나오던 아이였는데요, 요즘은 방문 열고 나가 볼까? 싶기도 하대요. 그런데 엄마 때문에 못 나오겠대요. 왜냐하면 자기가 나가는 순간 엄마는 아, 이제 얘가 드디어 나왔구나! 하면서 바로 다시 학원에 수강 신청을 하고 이것저것 막 시작할 테니까요. 좀 기다려줘야 하는데 아이는 이제 겨우 방문을 열었을 뿐인데 엄마들은 벌써 계단을 오르고 엘리베이터를 타거든요. 엄마들의 속도가 그래요."

나 들으라고 한 말이었다. 아이를 위해 잘하고 있다고 자부하고 있었는데 뒤통수를 크게 얻어맞은 기분이랄까. 처음부터 다시 육아하는 마음으로 시연이의 결핍을 채워주고자 했지만 어느새 시연이가 아니라 나를 위해서 하고 있었다. 상처의 치유를 돕는 게 아니라 최대한 빠른 복귀에 급급했던 것이다. 아니나 다를까 3학년이 된 후 시연이는 내가 먼저 훑어놓은 그 친절한 교과서를 학교에 가져가지도 않았다. 내가 서운한 마음을 보이며 사정하듯 말했더니 그제야 학교에 갖다 놓았다. 그러나 수업 시간에 펼쳐보진 않았다. 시연이는 학교에서 그저 눈 감고 하루하루 버티거나 주로 위클래스 상담실에 가 있었다. 아니면 내게 전화로 조퇴를 허락해 달라고 조를 뿐이었다. 내가 혼자 얼마나 초고속 엘리베이터를 탔는지 그제야 실감이 됐다.

'기다려 줘야 하는데'라는 후배 상담사의 말이 계속

맴돌았다. 잃어버린 시간에 대한 보상이 아니라 조건 없는 부모 사랑, 호로록 끓어 넘치지 않는 뭉근한 자식 사랑이 필요한 것을.

내가 아직도 그걸 못해서 몸살을 하는구나. 문제는 아이가 아니라 나일 수 있음에 한동안 아파야 했다.

1박 2일만 실컷
울다 오고 싶다는 남편

자식이 살아 숨 쉬며 곁에서 밥을 먹고 잠을 잔다. 같잖은 농담이지만 우스갯소리도 하고 아이돌 흉내를 내며 엉성한 춤사위도 펼쳐 보인다. 크게 아픈데도 없다. 이만하면 감사하고 행복하다고 고백해야 하는 걸까? 머리로 생각하면 그래야 할 것 같다. 하지만 하나 있는 자식이 중학교 내내 힘들어 하다가 고등학교 1학년에 자퇴를 하니 우리 부부는 날개 꺾인 듯 좌절감이 컸다.

요즘은 자퇴하는 아이도 많고 검정고시로 대학가

는 아이도 많으니 별 문제도 아니라고 남들은 말한다. 하지만 우리 딸은 수능에 올인하겠다는 확실한 목표나 각오가 있는 것도 아니고 특별히 하고 싶은 게 있는 것도 아니다. 자퇴 후 스스로 규칙적인 삶을 위해서 최소한의 생활 일과표라도 만들고 흉내라도 내면 좋겠지만 그것도 숨 막힌다고 하는 아이다. 날이 갈수록 시연이의 게으름은 하늘을 찔렀고, 우리는 애간장이 녹았다. 그래도 행여 아이 듣는데서 마음의 소리라도 새어 나올까 봐 입단속을 했다. 속이 타들어 가든 문드러지든 어쨌거나 그건 부모인 우리의 몫이니까.

"우리 딸, 오늘 하루 종일 뭐 했어?"

"그냥, 핸드폰 하고 유튜브 보고…."

그 말이 남편 귀에는 그냥 아무것도 안했다는 말로 들렸을 것이다. 시연이가 제 방으로 들어가자 남편이 낮은 목소리로 물었다.

"검정고시 준비는 언제부터 한다는 거야? 4월에 있다며."

"몇 번을 말 해. 자퇴 처리되고 나서 6개월은 지나야 검정고시 응시 접수를 할 수가 있다니까. 그래서 4

월엔 못 보고 8월이 돼야 볼 수 있다고. 쟤는 막상 준비 들어가면 알아서 죽어라 할 거니까 뭐라고 하지 말고 그냥 둬!"

남편 마음을 알기에 행여 잔소리라도 할까 싶어서 내가 먼저 선을 그었다. 그럼에도 잘 참고 있던 남편은 한번씩 나한테 속내를 털어놓았다.

"내가 말은 안 하지만, 진짜 집에 와서 저러고 있는 걸 보면 답답해서 미치겠어. 자꾸 아무 말 하지 말라니까 참는데 도대체 왜 저러고 있는지 모르겠어. 뭐가 문제야? 진짜 한심해! 한심해 죽겠어."

남편의 자괴감을 너무 잘 안다. 우리 부부는 인생 키워드가 '성실과 책임'이다. 그런 면에서 남편은 신생아 같은 삶을 사는 시연이를 지켜보는 게 괴로울 것이다. 그날 밤, 남편은 꿈에서도 시연이 때문에 힘들어하고 있었다.

"으응… 으응.…어, 응!"

남편의 몸이 바들바들 떨리더니 이내 괴로운 신음 소리를 냈다. 잠이 들어도 그 절망감과의 사투는 꿈에서도 계속됐던 모양이다.

"꿈 꿨어? 괜찮아, 눈 떠! 꿈이지? 괜찮아, 눈 떠!"

"아, 무슨 꿈이 이러냐."

"왜? 무슨 꿈인데 그래?"

"엄마, 아버지 돌아가신 지가 언젠데 갑자기 꿈에서 두 분이 한꺼번에 다 돌아가신 거야. 얼마나 울었는지 몰라. 그러다가 또 다른 꿈을 꿨는데 이번엔 내가 월드컵 국가대표야. 그런데 감독이 자꾸 나한테만 뭐라고 하잖아. 난 잘못한 게 없는데 계속 나한테만 뭐라고 해. 그래서 내가 열 받아서 안 한다고 막 싸우려고 하는데 옆에서 말리고 그러다가 깬 거지. 꿈이 너무 황당하지 않아?"

남편은 무슨 이런 꿈이 다 있냐며 잠들었다간 악몽이 이어질까 봐 일어나 앉았다. 가만히 생각해 보니 나는 남편이 왜 그런 꿈을 꾸었는지 짐작이 됐다.

"자기야, 꿈은 무의식의 반영이라잖아. 잘 생각해 봐. 그동안 자기는 사는 게 너무 힘들고 서럽고 그럴 때마다 어머님, 아버님 꿈을 꾸지? 자기가 시연이 때문에 이렇게 괴로워하면서 살 줄도 몰랐고. 자식 문제로 힘드니까 자기도 모르게 부모님 생각이 더 많이 났었나 봐. 또 월드컵 국가대표는 아무나 하나? 최선을 다해서 그 힘든 국대까지 올라갔는데 감독이 자꾸 자기한테만 뭐라고 하니까 자기가 화나고 억울한 거지. 우리 지난주에 정신의학과 상담 다녀왔잖아. 의사가 한 말 중에 '부모도 바뀌어야 한다.' 뭐 그런 말이 자기한테 걸렸던 게 아닐까? 내가 뭘 그렇게 잘못했다고. 그런 억울함이 자기도 모르게 올라온 게 아닐까?"

남편은 자수성가한 사람이다. 8남매의 막내라 일찍부터 연로한 부모님을 보고 자랐다. 중학교 때부터 먹고 사는 문제가 늘 걱정이었고, 형제가 많아도 기댈 데가 없었다고 했다. 그저 죽기 살기로 뚫고 나가는 것. 그것만이 세상을 살아내는 방법이라고 알고 있는 사람이다. 살면서 느낀 열등감은 '나중에 두고 보자' 하는 마음으로 견디고 이겨내 왔다. 결국 자수성가한 사람이 됐다. 그리고 성공한 인생의 마지막 퍼즐이 자식이다. 부모님은 다 돌아가시고 형제들과도 거리를 두고 사는 남편이기에 남은 건 나와 아이뿐 가족이 전부다. 그런데 아이가 또래 속에서 잘나가지는 못할망정 일탈에 자퇴까지. 그것도 모자라 하루하루 계획도 없이 시간만 죽이는 삶이라니. 그런 자식을 지켜보며 남편은 말할 수 없는 고통 속에서 몸부림치고 있었다. 꼭 나를 보는 것 같았다.

"시연 엄마, 나…."

"왜, 뭐?"

"혼자 어디 골방에 박혀서 1박 2일만 실컷 울다 왔으면 좋겠어…."

남편은 집 안 어디를 둘러봐도 혼자 실컷 소리 내어 울 데가 없었나 보다. 가끔 남편이 야심한 밤에 슬며시 사라질 때가 있었는데 그럴 땐 꼭 지하 주차장에 내려가 있곤 했다. 혼자 자기 차 안에서 울고 나오는 것이다. 지하 주차장의 자기 차 안. 그곳만이 남편에게 유일한 통곡의 방이었으리라. 자식으로 인해 남편도 그렇게 아버지가 되어가고 있었다.

아이에게도
그만한 이유가 있었다

"엄마, 아빠도 없는데 이모랑 셋이 자리 한 번 해야
지!"

지난 연말에 남편이 일본으로 연수를 가느라 사흘
간 집을 비울 때였다. 시연이의 말투에도 웃음이 났지
만 그 당돌함 때문에 더 웃음이 나왔다.

'아빠가 없을 때 자리 한 번 하자?' 그 말을 풀이하
자면, 자기도 이제 맥주 한 잔 쯤은 할 줄 안다는 함의
가 있었을 것이다. 며칠 전에도 농담처럼 그런 말을
했는데 또 그러는 걸 보니 뭔가 진지하게 할 말이라도

있나 싶었다. '내가 모르는 뭐가 있나? 무슨 고민이라도 말할 생각인가? 자기편을 잘 들어주는 이모가 있어야 하는 자리인가? 하기 힘든 이야긴가?' 갑자기 별생각이 다 들었다.

남편이 출국한 날 저녁, 우리는 작은 병맥주 3병에 아직은 비싼 딸기도 사고, 크래커에 크림치즈도 사 왔다. 신이 난 시연이가 먼저 예쁜 접시에 카나페를 만들어 내왔다. 곧 오십이 될 나와 마흔 중반의 여동생, 그리고 열 일곱의 마지막 달을 보내는 시연이까지. 셋이 마주앉아 맥주잔을 부딪쳤다. 뭔 소릴 하려고 그러나 안그래도 조급증이 나던 차에 아이가 먼저 입을 열었다.

자기는 엄마를 닮아 정말 술이 안 맞는 것 같다고. 일단 첫 이야기부터 몹시 흡족했다. 그렇게 술로 시작된 이야기는 어느새 초등학교 시절부터 지금까지, 나름 사연 깊은 자신의 이야기로 이어졌다. 나는 그 자리를 통해 시연이의 아픔을 제대로 들어볼 수 있었다. 시연이는 초등학교 1, 2, 3학년은 잘 생각나지 않는다고 했다. 아이들 앞에서 말도 잘 못하고, 먼저 말 거는 것도 잘 못할 만큼 자기는 소심한 아이였으며, 4학년부터 공부와 성적에 예민해졌다고 했다. 엄마는 자기 키가 작아서 성장 주사도 맞는데 공부보다 빨리 자는 게 더 중요하다고 말했지만 자기 마음은 그렇지 않았다고 했다. 키도 작은데 공부도 못하는 아이가 되면 학교에서 자기가 더 '찐따(무시받는 외톨이)'가 될 것 같았다고. 또 자기 스스로 시험에 대한 스트레스가 엄청 컸다고 했다. 시험 스트레스 때문에 공부하기 싫어서 미루다가도 당장 내일이 시험이면 밤 늦게라도 공부를 해야 마음이 놓였다며, 시험과 공부 스트레스가 너무 커서 중학교에 간 뒤로는 아예 다 놔 버렸다고도 했다. 실제로 중학교에 입학하고 5월부터 시연이는 학교 외에 모든 학원, 학습을 중단해 버렸다. 나는 아이 마음 안에 그런 이유가 있는 줄은 몰랐다. 그저 또래와 더 어울리고 싶고 공부가 하기 싫어서 그런 줄만 알았다. 두런두런 이야기가 깊어지자 시연이는 자기한테 가장 힘든 시간이었던 초등학교 5학년 때 이야기를 해주었다. 시연이는 그때 1년이 악몽같은 시간이라고 했다.

시연이가 5학년이었을 때, 끼리끼리 모여다니는 또래문화가 유난히 심했다. 같이 어울리는 친구가 없는 아이를 '찐따'라고 불렀다. 그때 시연이는 '찐따로 사느니 차라리 죽는 게 낫다'고 말한 적도 있다.

소그룹으로 뭉친 아이들은 자기들끼리 쭉 친하게 지내는 게 아니었다. 구름처럼 흩어졌다 뭉치기를 반복했다. 시연이는 특히 키가 작았다. 친구들과 나란히 서면 우리 시연이 머리만 쏙 내려가 있었다. 친구들 눈에 시연이가 너무 작아서 우습고 만만해 보였을까? 아이들은 매번 시연이를 몰아내기 바빴다. 2박 3일로 가는 영어마을 캠프에서였다. 시연이는 아이들이 서로 '내 옆에는 누구랑 누가 자야 해!'라며 가까이 오지 못하게 선을 긋는 바람에 같은 방에서도 잠잘 자리를 찾지 못했다. 그 말은 곧 '이 방에서 네가 잠잘 곳은 없다'는 말과도 같았다.

시연이가 담임선생님을 찾아가 하소연한 후 시연이는 '오늘 밤 당장 바꿔 줄 순 없지만 아이들이 계속 그러면 내일은 다른 방으로 옮겨 주겠다'는 약속을 받았다. '다른 아이들한테는 아직 말하지 말라'는 담임선생님의 말을 뒤로하고 급한 마음에 미리 다른 방 친구한테 슬쩍 말을 해두었다. 그래야 방을 옮기더라도 당황하지 않고 자기를 받아줄 테니까. 하지만 친하다고 믿었던 친구한테 전한 그 비밀은 순식간에 아이들 사이에 퍼졌다.

"걔가 왜 우리 방에 와? 누구 맘대로!"

"진짜? 그 방으로 간대? 잘됐네! 우리끼리 자면 되니까."

"알아서 꺼져주니까 잘됐네."

잔인한 따돌림과 정서적 테러는 교실에서도 계속됐다. 시연이가 등교 시간에 교실에 들어서면 다른 아이와 똑같이 교실에 들어오는데도 일부러 다른 친구만 반갑게 맞아주는 식이었다. 다른 아이를 향해 큰소리로 인사하고 반겨주는 동안 시연이는 투명인간이 되어야 했다. 날이 갈수록 대놓고 무시하고 따돌리는 행동이 심해졌다.

"아니, 수행평가 한다고 네 다섯 명씩 모둠이 됐는데 나랑 모둠이 된 애들이 전부 다 울었어. 막 엉엉 우는 거야. 난 아직 아무것도 한 게 없는데!"

시연이는 그때 모둠 아이들 이름을 지금까지 정확히 기억했다. 절대 잊을 수가 없는 이름들이라며. 그중에는 엄마가 아는 아이도 있어서 말을 안했던 거라고 했다. 아이를 배척하고 따돌리는 이유는 정말 다양했다. 짝수여야 하는데 너 때문에 짝수가 안돼서. 집에 가는 방향이 우리와 달라서. 우리만 엄마들끼리 친해서. 우리만 교회 여름학교에 같이 가는 사이라서.

시연이에게 행해지던 무시와 따돌림은 1년 내내 반복됐다. 아픈 경험은 시연이한테 트라우마가 되었고, 아이 영혼에 지워지지 않는 상흔을 남겼다. 또래관계가 위태로워질 때마다 관계에 대한 집착과 불안은 온몸에 일어나는 아토피처럼 시연이를 괴롭혔다.

"엄마, 생각 나? 중학교 입학식 날, 내가 집에도 안 가고 애들한테 무조건 먼저 가서 한 명이라도 더 번호 따려고 막 인사하고 전화번호 저장하고 하던 거."

당연히 기억난다. 나도 그날 아이의 모습이 몹시 낯설고 놀라웠으니까.

"난 그때 무조건 친구를 많이 만들어서 인싸가 돼야겠다고 생각했어. 목숨을 걸었어, 그때!"

시연이의 처절한 노력에도 결과가 그리 좋지는 못했다. 관계란 건 참 마음대로 안 되는 일 같았다.

　"엄마, 오늘 희연이가 갑자기 눈치 보면서 그러는 거야. 애들이 나랑 놀면 더 이상 자기들 모임에는 같이 할 수가 없다고 했대. 이거 완전 협박 아니야? 자기들은 열다섯 명이면서 나한테는 둘, 셋 밖에 없는데 내 친구들을 다 뺏어가고!"

　거기다가 2학년 선배들은 돌아가며 시연이를 불러 세웠다. 화장이 진하다거나 치마가 짧다는 이유 말고도 다양했다. 그러다 보니 시연이는 '나는 왜 대신 혼내줄 언니나 오빠도 없는 거냐'며 날마다 불평이었다. 누군가 자길 지켜주고 도와줄 방패막이가 절실히 필요했다고 했다. 하지만 그런 나날이 반복되며 개선이 되지 않자 시연이는 담임선생님을 붙들고 자기와 친구를 다른 학교로 전학시켜 달라고 매달렸다. 이 문제로 며칠을 조르다 보니 담임선생님도 지쳤는지 교장선생님과 면담을 해야 한다고 했다(설마 진짜 면담을 하려고 들 줄은 몰랐을 것이다). 시연이는 당돌하게도 교장선생님 면담을 기꺼이 아니 기어이 하겠다고 나섰다.

교장선생님과 면담하기로 한 날, 시연이는 어느 때보다 단정하게 교복을 차려입고 친구와 함께 교장선생님을 뵈러 갔다. 교장선생님 앞에서 '학교 부적응'이란 이유를 붙여서 자기들을 옆 학교로 전학시켜 달라고 당당히 요구했다. 직접 교장선생님께 말하면 당연히 이루어질 거라고 믿었는데 전학이 안 된다니 시연이는 크게 충격을 받았다. 교장실 문을 나서는데 두 다리에 힘이 풀리고 속은 메쓰껍고 어지러워서 도저히 교실로 갈 수가 없다며 조퇴시켜 달라고 전화가 왔었다.

그 후 시연이는 더 이상 이렇게는 못 살겠다, 차라리 학교 밖에서 친구를 만나고 자기를 지켜줄 방패막이를 찾자며 학교 밖으로 나가게 됐다고 했다. 두세 시간, 맥주 세 병이 비워지는 동안 가슴 아픈 시연이만의 서사가 그제야 제대로 이해가 됐다. 평소 시연이가 미주알고주알 얘기를 많이 하는 편이라서 나는 아이에 대해 누구보다 많이 안다고 생각했다. 그런데 그동안 내가 안다고 생각했던 건 낱개의 퍼즐 조각 하나하나에 불과했다. 그것을 꿰맞춰 큰 그림으로 아이를 보고 이해하기 전까지 그건 아는 게 아니었다.

'시연아, 고맙다. 엄마한테 네 이야기를 들려줘서. 미안하다. 네가 그렇게 아픈지도 몰라서….'

정말 부모 탓일까?
수 없이 되묻고

시연이가 엄마한테 자신의 지난 시간을 털어놓으며 이해와 공감을 받고 싶었듯이 나도 그랬다. 내겐 동생이지만 형편없는 나의 양육 성적표에 대해 그래도 이해와 공감을 받고 싶었다. 동생 앞에서 창피할 때가 많았지만 가족이란 이름으로 감싸줄 수 있으니까.

"지난 번에 시연이 얘길 들으면서 시연이도 이해가 됐지만 더 위로가 됐던 게 뭔지 알아? 듣고 나니까 전부 다 내 탓은 아닐 수도 있겠구나 싶더라고. 나는 결국엔 전부 부모 탓, 내가 잘못 키워서 그런 거라는 생각을 떨칠 수가 없었거든."

"당연하지! 언니, 어떻게 다 부모 탓이야. 얘기 들었잖아! 자기도 그럴 수밖에 없었다고. 경험까지 다 언니가 대신해 줄 수는 없잖아."

동생과 카페 창가에 나란히 앉아 커피를 마시는데 마음에 위로가 좀 되는 듯 했다. 하지만 머리 속은 또 다시 복잡해졌다.

'정말 그게 맞을까? 내가 그 책임으로부터 자유로울 수 있을까?'

그동안 아이 행동이 이해는 됐지만 양육자로서의 책임 문제는 여전히 나를 무겁게 짓누르고 있었다. 참담한 양육의 결과로부터 도망가고 싶었고, 회피하고 싶었고, 과중한 책임을 덜어내고 싶었다. 일부러 TV나 영화, 책으로 시선을 돌려보기도 했다. 하지만 결국 '그래서! 내 잘못이야? 아니야?'로 끝이 났다.

어느 날은 TV 영화 채널에서 〈이상한 나라의 수학자〉라는 영화를 봤다. 영화 속에서 탈출한 천재 수학자로 나오는 배우 최민식 씨의 대사가 강렬하게 다가왔다.

"그냥 공식 한 줄 딸랑 외워서 풀어버리면은 절대 친해질 수가 없는 거이야. 살을 부대끼면서 친해져야 이해가 되고 이해가 되면 사랑할 수 있는 거야."

'친해지면 이해가 되고, 이해가 되면 사랑할 수 있다.'

나는 내 딸과 과연 친한 사이인가? 정말 친구 같은 엄마가 되어 주었던가? 그나마 시연이가 어긋나고 나서야 다시 양육하는 마음으로 아이에게 최선을 다했다. 시연이의 안 좋은 면, 나쁜 면에는 더러 눈감아주고 어떻게든 좋은 모습은 놓치지 않고 봐주려고 노력했다. 그랬더니 시연이도 나에게 조금씩 마음을 열고 다가와 주었다.

시연이 친구들은 모두 '좋은 엄마를 뒀다'고 부러워하기도 한다. 하지만 아직도 나는 딸에 대한 이해와 수용이 많이 부족한 엄마다.

'이해가 되면 사랑할 수 있다.'

그 말이 내 가슴 속에 들어와 웅크린 채 한참을 울고 가는 기분이었다.

'엄마가 돼서 아이를 이제서야 이해하기 시작하다니!'라는 생각이 나를 괴롭히고 있을 때 마치 나를 위해 준비해 둔 것 같은 글귀가 눈에 들어왔다.

"아이의 탄생에 오직 부모의 의지만 개입했다고 생각하면 아이의 모든 행불행은 부모의 책임이 된다. 부모의 미숙함과 세상의 불완전함은 아이를 돌보는 마음에 자주 죄책감을 불러일으킨다. 내가 좋은 부모가 아니라서, 부족한 게 많아서, 내 아이가 덜 행복하거나 더 불행하다고 생각한다. 하지만 내 아이가 스스로 선택해 나에게 와준 것이라면 부모는 씩씩해질 수 있다. 함께 힘을 내볼 수 있다. 아이도 용기를 내줬으니까."

『이상하고 자유로운 할머니가 되고 싶어』 무루(박서영)

'그래, 다 내 탓이라고 할 수는 없지. 어떻게 아이의 모든 행복과 불행이 부모의 책임이겠어. 그렇게 생각하는 것 자체가 자식을 부모의 소유물로 생각하는 미성숙한 태도지.'

혼자 또 이어지는 생각으로 몸살을 앓으며 위안을 삼고 있는데 그 마음에 찬물을 확 끼얹는 글이 눈에 들어왔다. 바로 서울대소아청소년정신과 김붕년 교수의 책에서다.

"사춘기는 누구나 겪는 격동의 뇌발달 시기다. 그런데 왜 집집마다 아이들 반응, 태도가 다를까? 왜 유독 우리 아이만 유별나게 사춘기를 하는 걸까요? 이에 대한 힌트는 아동기까지의 경험에 있다. 청소년이 되기 전까지 주요 발달 단계에서 어떤 경험과 성취감을 누렸는가에 따라 청소년기에 전혀 다른 모습을 보일 수 있다. 유, 소아기는 이미 옛날 일이고 현재와 동떨어진 일처럼 여겨질 수 있지만, 내 아이가 겪은 각 발달 단계에서의 경험이 청소년기에 크게 드러난다."

『10대 놀라운 뇌 불안한 뇌 아픈 뇌』 김붕년

김붕년 교수에 따르면 이 무렵은 "아이의 기질과 성향, 부모와의 관계, 자란 환경 등으로 인한 영향이 모두 드러나는 시기이기에 사춘기를 '민낯이 드러나는 시기'라고 표현하고 싶다"고 했다. 결국 내 양육의 질적인 결과치가 사춘기 때 아이의 반응과 양상으로 드러난다는 말이 아닌가. 저자가 결코 양육자의 기를 죽이려고 쓴 책은 아닐 것이다. 하지만 나는 혼자 그 부분만 파고들며 또 다시 아파 뒹굴었다. 인정할 수밖에 없어서. 인생에 있어서 '아동기의 경험'과 그 영향은 결코 떼려야 뗄 수가 없다는 걸 나는 이제 충분히 알아버렸기 때문이다.

양육의 책임에서 자유로울 수 없었던 나는 그 뒤로도 '네 잘못이 아니야'라고 누군가 말해주고 또 말해주길 바랐다. 아이를 다시 세우는 일보다 양육자로서 내 죄책감을 벗겨주는 게 나에겐 더 큰 구원 같았으니까. '내 탓이다, 아니다' 나는 왜 그렇게 그 문제에 집착하며 매달렸을까? 내 딴엔 지금까지도 최선이었는데 그것을 부정당하는 일, 내가 내 아이한테 상처 준 걸 수용하기란 죽고 싶을 만큼 뼈아픈 일이라 그랬는지도 모르겠다.

실체 없는 불안과의 싸움, 숱한 헛발질

아이가 다니는 소아청소년정신과 선생님과의 상담에서 나는 마치 고해성사라도 받듯이 말했다.

"선생님, 제가 지난 3년간 정말 다시 육아하는 맘으로 그토록 애쓰고 노력한다고 하는데도 여전히 저는 좋은 엄마가 아닌 것 같아요. 사람들이 그러더라고요. 다른 아이들의 아픈 면이나 이쁜 모습은 다 봐 주면서 왜 자기 아이의 아픈 마음은 헤아려 주지 못하냐고요. 생각해 보면 지금까지 저의 노력이 시연이를 위해서가 아니라 나 자신을 위한 몸부림이었던 것 같아요. 선생님이 선생님 방식으로 시연이를 돕는다면 저는 어떻게 시연이를 도울 수 있을까요? 저도 시연이를 마음으로 품어주는 진짜 엄마이고 싶어요."

의사는 내가 시연이에 대해 걱정하다 못해 과몰입되면서 자책하고 불안이 더 높아진 걸 눈치챘던 모양이다. 나를 보며 정색을 하고 말하는데 그 자세와 표정이 얼마나 위안이 됐는지 모른다.

"무슨 말씀이세요. 저도 우리 가족은 제가 상담 안 해요. 다른 사람한테 넘기고 저는 딱, 귀를 막아요. 알아서 하라고 놔둬요. 가족은 가족이라는 그 자체만으로도 불안이 높을 수밖에 없어요. 냉정하게 객관적으로 보고 대하기가 힘들어요. 당연해요! 그리고 사람마다 사정이 다를 수밖에 없기 때문에 좋다 나쁘다, 잘한다 못 한다, 그렇게 말할 수 없어요. 누구라도요!"

그러면서 지금은 아이를 위해 뭘 더 하기보다는 아이를 조금 여유롭게 봐주고 긍정적으로 생각하면서 아이보다는 엄마의 심리적 안정과 균형을 찾는데 마음을 써보라고 했다.

안그래도 '네 잘못이 아니야'라는 말이 귀가 닳도록

듣고 싶은 나였다. 의사의 말이 그렇게 고마울 수가 없었다. 신기하게도 그렇게 상담하고 위로받고 온 날은 내 입에서 나오는 말 한마디, 목소리의 톤조차 달라졌다.

"우리 딸 사랑해!"

"응, 나두!"

그런데 이 마음이란 게 참 요상하다. 어렵게 얻은 평정심을 유지하는 게 쉽지가 않다. 살아 움직이는 생물처럼 마음이 시시각각 변하곤 한다. 늦은 오후가 다 돼서야 일어난 시연이는 하필이면 남편의 퇴근 시간이 다가올 때부터 외출을 위한 꽃단장을 시작했다. 뒤통수에도 눈이 달린 것처럼 나는 방문을 열어보지 않고도 아이가 얼마나 얼굴에 파운데이션을 두드려 대는지 훤히 알 수 있었다. 이제 준비해서 나가면 도대체 언제 들어오겠다는 것인지 생각은 벌써 불안을 넘어 분노를 향해 달려가고 있었다.

대여섯 시에 나간 아이는 약속된 귀가 시간인 밤 12시가 다 돼서야 간당간당하게 들어왔다. 학교도 자퇴하고 학원도 안 다니는 터라 귀가 시간을 밤 10시로 정한 건 아주 후한 양보라고 생각했다. 그런데도 시연이는 학원 다니는 친구를 보려면 밤 10시가 넘어야 한다며 불만이 많았다. 마지못해 밤 12시로 못을 박았다. 더는 양보할 수 없는 시간이었지만 아이는 매번 말이 달랐다. '바로 집 앞이다, 편의점에서 라면 먹는 중이니 먹고 들어간다, 집 앞 놀이터에서 얘기 중이다.' 온갖 핑계를 대며 12시를 넘기기 일쑤였다. 아예 간 크게 새벽 출입마저 감행하는 아이를 보다 못해 결국 남편의 인내심이 터지고 말았다.

집이 들썩거릴 만큼의 고함 소리, 공격적인 태도로 아이를 코너로 몰아세웠다. 나는 행여 화가 난 남편이 아이를 때리기라도 할까 봐 남편을 말리느라 정신이 없었다.

"새벽 출입을 또 할 거면 그땐 아빠 밑에서 가족으로 더 이상 함께 살지 말자!"

그 사달이 나고 남편이 엄포를 놓자 시연이는 밤 12시 안에는 뛰어서라도 들어왔다. 그나마 이제 열여덟은 되니까 가능해진 것이다. 열다섯엔 어림도 없었다. 이제야 조금 부모의 엄포가 통하고 귀가 트이는 것 같았다.

늦은 시간 아이의 외출은 세상 모든 상상력을 다 동원하게 만든다. 그것도 뉴스에 날 만큼 불안하고 불길한 상상으로. 청소년이 가지 말아야 할 곳에 가 있는 건 아닌지, 위험하게 공용 전동 킥보드라도 타고 다니는 건 아닌지, 동네에서 못된 선배들한테 붙잡혀 있는 건 아닌지, 행여 못 볼 꼴을 당하는 건 아닌지, 배달 알바를 하는 친구의 오토바이라도 얻어 타는 건 아닌지. 걱정이 꼬리를 물면 불난 집에 기름 붓듯이 실체도 없는 불안이 끊임없이 너울거렸다. 불안을 다루는 연습을 하지 않고는 더는 살 수가 없어서 어느 날부터는 수시로 아이에게 문자를 하게 됐다.

'우리 딸 지금 어디? 뭐해? 갑자기 불안이 올라와서.'

그렇게 솔직한 내 마음을 문자로 전하면 아이에게서 답이 왔다. '친구랑 카페' '코인 노래방' 'PC방' '무인 카페'라고. 그렇게라도 연락이 되고 나면 일시적으로 불안이 좀 가라앉기도 했다.

불안을 붙들고 싸우며 숱하게 헛발질을 해오던 나

는 이제 더는 불안에게 상상이란 먹이를 주지 않겠다고 마음 먹었다. 불안은 상상을 먹고 덩치를 키우다가 언제든 내게 달려들 준비를 하는 놈이니까. 내가 실체 없는 불안을 스스로 다룰 수만 있어도 좋겠다. 그럼 사춘기라는 강을 좀 더 수월하게 건널 수 있지 않을까? 때론 아이보다 내가 키운 이 불안이 더 무섭고 힘들 때가 있다.

2장
살기 위해 뭐라도 붙잡고
매달려야 했다

"어른이 청소년을 포기하면
청소년은 갑자기 어른이 된다.
잘못된 어른이 된다."

- 도날드 위니캇(영국 소아과의사, 정신분석학자)

아이에게 문제가 있어요, 심리상담센터

시연이가 초등학교 6학년 가을 무렵이었다.

"아, 정말 짜증 나! 엄마, 지아가 자꾸 칼로 손목에 상처 내고 사진을 보내."

"뭐! 누구? 1학년 때 같은 반이었던 그 지아?"

"응. 내가 만날 얘기 들어주고 그러는데 자꾸 이러 니까 나도 이제는 짜증이 나."

지아는 위로 열 살 터울의 언니가 있는 늦둥이였다. 아직 초등학생에 불과한데 벌써부터 비자살성 자해를 하다니 나도 충격이었다. 이 충격적 행동을 하는 사람이 내 딸이 아니란 게 다행스럽기도 했다. 하지만 불과 1년도 채 안 돼서 그 일은 더 이상 남의 일이 아니었다. 시연이가 중학교 1학년 6월, 다른 날도 아니고 자기 생일이었다. 시연이 친구에게서 다급한 목소리로 전화가 왔다.

"저 시연이 친군데요. 시연이가 저한테 이상한 문자를 보내고 가위를 다른 친구한테 빌려서 옥상으로 올라갔대요. 그런데 연락도 안 되고, 안 보여서 연락드려야 할 것 같아서요."

대체 이게 무슨 소린지? 무슨 상황인지 들어도 이해가 안 되고 어안이 벙벙했다. 일단 알겠다고 말하고 전화를 끊었다. 오만 불길한 생각을 다 하며 부랴부랴 학교로 향했다. 학교에 거의 다다랐을 즈음 시연이 친구에게서 문자메시지가 왔다. 시연이를 만났고 무사하니 걱정하지 마시고 집에 가 계시면 시연이가 나중에 얘기해 준다는 내용이었다.

일단 집으로 돌아왔다. 생각이 꼬리를 물었다. 아까는 황당하고 이해가 안 돼서 의아했다면, 이제는 점점 화가 치밀어 올랐다. 일찍부터 지아가 하는 행동을 여러 번 보더니 이런 행동이 우스운가? 제 마음대로 해야 직성이 풀리는 시연이 성격상 혹시라도 다른 아이들을 협박하거나 조종하기 위해서 그랬을까? 그놈의 SNS로 손목 자해 사진을 주고 받더니 이제 이런 것도 보고 배우고 따라 하나? 별의별 생각이 다 들었다.

그 일로 학교 위클래스 상담선생님을 만났다. 선생님이 먼저 아이와 상담을 하며 마음을 다독여 줬다고 했다. 그리고 이건 분명히 심각하게 생각해야 할 위험한 신호라고 내게 힘주어 말했다. 이제와 생각하면 시연이 주변에서 어떤 일이 일어나고 있었는지, 시연이가 그 상황에서 어떤 마음으로 그런 행동을 했는지, 그 마음부터 헤아렸어야 했다. 하지만 나는 공감이라곤 전혀 없이 '벌써부터 이런 못된 짓을 배우다니!'라며 혼낼 생각만 하고 있었다. 아이의 행동이 정말 못된 짓인지, 죽고 싶을 만큼 고통스러운 아픈 몸짓인지 가늠할 겨를도 없이.

그 뒤로도 시연이는 중학교 1학년 내내 또래와의 관계 문제로 날마다 전쟁 같은 나날을 보냈다. 집에 왔다가도 잠깐 아이들과 얘기 좀 하고 오겠다며 나간 시연이는 밤 10시나 돼야 들어오곤 했다. 늦은 귀가도 걱정이지만 남편과 나는 시연이가 5학년 때처럼 또 상처를 받게 될까 봐 걱정스러웠다. 그럴 때마다 남편은 소리도 못 내고 나한테 입 모양으로만 물었다. '무슨 일 있어? 또 싸웠대? 괜찮아 보여?'

그러던 어느 날, 시연이 손목에서 분홍줄을 다시 보게 됐다. 정말 가슴이 철렁 내려앉았다. 그때 학교 담임선생님의 면담 요청이 들어왔다. 시연이가 화장을 너무 짙게 한다는 것이다. 단짝인 리나와 함께 1학년 전체 여학생 중에 가장 눈에 띌 정도라고 했다.

담임선생님 말이 그땐 나에게 무척 예민하게 들렸다. '당신 딸이 교칙도 어기고 화장을 너무 심하게 하는데 봐주기엔 형평성에 안 맞다. 당신 딸이 분위기를 흐리고 있는데 엄마가 관리를 좀 해야 하지 않나?' 우려와 협조 요청이라기보다 질책이나 비난으로 들렸다. 자꾸만 감정적으로 해석이 되면서 한 마디로 이렇게 말하는 것 같았다.

'당신 딸 정말 문제아거든!'

당장 상담센터부터 알아보고 예약 날짜를 잡았다.

내 안에서 끊임없이 자책과 비난의 소리가 올라왔다.

'그런 애를 학교에 보내놓고 정작 엄마란 사람이 상황 파악도 못 해? 자기 애가 학교에서 어떤지 알기나 해?'

수백 개의 화살이 내 머리와 가슴에 와서 박히는 기분이었다.

시연이 일로 상담센터를 찾았다. 청소년 상담은 부모의 양육태도 검사도 필요하다고 했다. 남편이 쉽게 응할까 싶었지만 다행히 남편도 협조적이었다. 우리 부부는 500 문항이 넘는 '다면적 인성검사(MMPI)'와 '부모 양육태도검사'를 받았다. 아이는 3시간 넘게 걸리는 '종합심리검사'를 받았다. 그 후 검사결과에 대한 해석상담을 받았는데 어느 정도 예상한 대로였다.

· 환아부가 가족의 안정과 행복을 위해 양육자로서의 역할을 충실히 해낼 필요가 있다.
· 환아부에게서 임상적 초점이 될 만한 스트레스가 보고되고 있다(환아부가 이미 심신의 번아웃 상태라 환아부

의 심리상태가 더 우려된다).

· 주양육자인 엄마는 원가족과의 관계에서 아쉬움이 존재하며 이를 탐색하는 시간이 필요하다.

· 엄마와 남편과의 정서적 공유를 위한 이벤트가 필요해 보이며, 환아의 양육에 대한 효능감이 많이 떨어져 부모교육을 제안한다.

우리 부부에 대한 검사 결과에는 전적으로 수긍이 됐다. 그런데 시연이에 대해서는 생각지도 못한 얘기를 들었다.

· 언어 영역에서 '언어 이해력'이 비교적 낮게 보고되고, 또래 관계에서 자기 주관이나 주장이 다소 강하다 보니 소통에 어려움이 있을 것.

지금까지는 아이가 말로 밀리는 편이 아니라 언변이 있다고 생각했고, 아이들과 다툼이 잦아도 대화로 잘 해결하고 있다고 생각했다. 큰 착각이었다. 언어영역에서 '언어 이해력'이 낮다는 말은 단순히 말을 얼마나 많이 하는지, 얼마나 거침없이 말하는지를 의미하는 게 아니다. 상대가 어떤 의미로 말하는지, 그렇다면 나는 어떻게 말해야 하는지, 상황적 맥락을 조망하면서 말을 할 수 있어야 진짜 언어 이해력이 높은 것이라 했다. 언어 이해력이 낮으면 어떤 상황에서 어떻게 반응해야 할지 모르고 당황하거나 억울해하는 경우가 많고, 뒤돌아서서 나중에 더 흥분하며 심하게 분노하기도 한다는 것이다.

시연이는 자기 주장이 강하고 자기 식대로 해야 직성이 풀리는 아이다. 그동안 관계 속에서 갈등이 얼마나 많았을까. 시연이도 사사건건 힘들었겠지만 반대로 다른 아이들도 시연이 때문에 힘들었을 것이다.

화장을 진하게 하는 것은 상황에 따라 무조건 문제라고 볼 수는 없지만 시연이의 경우는 자존감이 낮아서 자기 얼굴을 화장으로 꾸미는 것에 더 집착한다는 것이다. 남들보다 화장을 잘해서 받는 관심과 주목이 있다 보니 화장에 더 집착하게 된 것이라고 했다. 더 충격적인 말도 들었다. 이대로 두면 아이가 '학교 이탈'의 위험이 있으니 상담이 필요하다는 것이다. 특히 그 마지막 말은 1년 뒤, 아주 정확한 예언이 되었다.

　시연이는 모두 10번의 상담이 진행됐지만 아쉽게도 당장 큰 도움이 되진 못했다. 기대한 만큼 효과를 보지 못한 데는 우리에게 세 가지 원인이 있었다.

　첫째, 시연이가 상담자에게 끝내 마음을 열지 못했다. 이건 청소년 상담의 가장 큰 어려움이라고 한다. 그래서 장기로 하는 경우가 많지만 현실적으로 유료 상담을 길게 이어가는 게 부담스러웠다. 하지만 상황이 심각했던 만큼 우리는 가족 개개인의 상황을 더 엄중히 바라보고 각자의 치유를 위해 그때부터 올인했어야 했다.

　둘째, 아이만 상담을 받는다 해도 부모의 태도가 완전히 달라져야 했다. 부모는 아이에게 첫 번째 환경이다. 아이의 기준으로 부모가 확 달라진 모습을 보이면 아이도 상담자를 더 신뢰하고 적극적으로 상담을 받았을 것이다.

　셋째, 단 한 번의 상담 시도로 상담의 효과를 무시해서는 안 되는 일이었다. 상담자와 상담 방식을 더 적극적으로 찾아볼 필요가 있었다.

결국 부모부터 바뀔 생각을 해야 했는데 오매불망 아이만 달라지기를 바랐다. 그것도 남의 손에만 맡겨 놓고. 상담실에 들어갔다 나오면 마치 마법처럼 아이가 달라지길 기대하면서.

도대체 넌 어떤 아이니?
기질 성향 상담

"아이구 어떻게 견디나! 내가 그거 알아요. 지나간 다고 해도 어쨌든 그 시간을 견뎌야 되는데 지금은 모를 거예요. 나중에 다 빠져나왔다 싶을 때 둘 중에 하나는 있을 거예요. 머리가 다 빠지거나, 잇몸이 다 주저 앉거나. 아이구 어떻게 견디나….”

대안 교육 프로그램으로 심리 공부를 하면서 알게 된 선생님이 나에게 해준 말이다. 그분은 이 혹독한 시간의 터널을 빠져나오는 게 엄마로서 얼마나 견디기 힘든 일인지 잘 알고 계셨다. 학교 선생님으로 오래 재직하셨고 지금은 진로상담사로 활동하는 분이었다. 나와는 비슷한 상황이 많았다. 남편의 직업과 성향, 아이한테 완고한 아버지의 모습. 그런 면에서 누구보다 많이 공감해 주셨다. 특히 아이가 한참 힘들게 할 때 남편은 도움이 되기보다 오히려 더 큰 불안과 스트레스가 될 수 있다는 것도 잘 이해해 주셨다.

그 당시는 우리 아이의 방황이 절정에 이른 중학교 2학년 때였다. 내 상황이 너무나 딱하고 안타까웠는지 기꺼이 나를 위해 시간을 내주셨다. 내가 아이를 이해하는데 조금이라도 도움이 되길 바란다며 큰 언니처럼 다독여 주셨다.

나는 시연이의 성향을 어느 정도는 알고 있다고 생각했다. 하지만 기질적 성향에 대해 검사지를 작성하고 시각적으로 제시된 수치와 그래프를 보는 순간 또 한 번 부끄러워졌다. 내 아이지만 내가 이렇게나 모르다니.

시연이는 내가 생각했던 것보다 훨씬 더 외향적인 아이였다. 어릴 때부터 활동적이고 에너지가 많은 아이란 건 알았다. 그런데 결과지를 보니 시연이가 왜 그토록 친구에 목숨을 걸었는지 더 잘 알 수 있었다. 지극히 외향형인 시연이는 밖에 나가서 친구들 속에 있을 때 행복한 아이다. 친구들과 함께일 때도 가만히 있기보다는 무언가를 함께 할 때가 가장 신나고 즐거운 아이다. 그러니 자꾸 밖으로 나가려 하고 나가면 함흥차사였다. 그런 아이가 따돌림이란 아픈 경험을 했으니 친구에 더 목숨을 걸었을 수밖에.

"엄마, 난 나가서 애들을 만나야 행복해!"

며칠 전에도 들었던 말이다. 반면, 스트레스가 심할 때 시연이는 내향형의 스타일로 변하면서 혼자 동굴을 파고 들어가는 아이다. 아이의 생활을 가만히 되짚어 보니 실제로도 그랬다. 그렇다면 시연이는 혼자 스트레스를 안고 뒹굴다가 손목에 분홍줄도 만든 걸까?

'비자살성 자해'는 '자살의 의도가 없는 자해'로 도와달라는 응급신호이자 구조신호라고 하더니 시연이도 그럴 때 한번씩 구조신호를 보냈나 보다.

시연이는 자유로운 관계에서 편안함을 느끼고 많은 경험을 추구하며 경험을 통해 배워가는 아이였다. 한편으로는 주변인과의 관계에서나 학교에서 '반드시 ~ 해야 한다'는 규칙이 가장 불편한 아이였다. 완고한 틀이 느껴지면 단박에 거부감이 올라오고, 그 스트레스가 신체화로 자주 나타나는 아이다. 그래서 꾀병인가 하고 열을 재보면 실제로 미열이 있었다. 자기 스트레스를 감당하지 못해서 자주 배앓이를 하고, 심할 때는 속이 메스껍고 울렁거린다고 했다. 시연이가 가장 생기 넘치는 때는 본인이 주도할 수 있을 때와 아이들 속에서 재잘거리며 유머로 웃겨줄 때다. 시연이는 아이, 어른 할 것 없이 쉽게 다가가고 소통할 줄 알고 사교성이 뛰어났다. 학교에서는 규칙 때문에 선생님들한테 밉보이기도 했지만 밖에서는 모든 어른들이 시연이를 칭찬하고 인정해 주었다. 또래 속에서 시연이는 베풂과 돌봄이 많은 아이고, 의리가 아주 중요한 아이였다.

중학교 2학년이라는 폭풍의 시기를 지나고 중학교 3학년 2학기가 되자 시연이의 강점이 눈에 띄게 드러나기 시작했다. 바로 그때 검사 결과지에서 보여준 대로였다. 시연이는 친구들에게 또래 상담사 역할도 톡톡히 해주고 있었다. 그럴 때 보면, 다른 사람의 마음을 공감하고 다독여 주는 돌봄이 정말 놀라울 정도였다. '네가 이런 아이였어?' 싶을 만큼.

상담선생님과 마주앉아 그 얘길 들을 때만 해도 '아, 이런 면이 있구나. 우리 아이가 이렇다고?' 했는데, 1년이 지난 후 다시 보니 시연이의 모습이 정확히 보였다. 아이를 이해할 수 없을 때마다 나는 그때의 결과지를 수시로 열어보곤 했다. 아이의 심리적 에너지가 높을 때와 낮을 때 감정의 맥락과 행동방식이 어떤 패턴으로 흐르는지를 봤다. 아이를 어떻게 도와주어야 할지 몰랐던 내가 적어도 아이의 기분을 맞춰줄 수는 있었다.

"우리 딸이 그런 배려가 얼마나 많은데 서운할 만했네. 네가 이상한 게 아닌 것 같은데?"

그러면 시연이가 자기 속 얘기를 하거나 나에게 상담을 하기도 했다. 그럴 때마다 아이한테 맞장구 쳐주기도 좋았고, 대화도 훨씬 수월해졌다.

"솔직히 우리 딸이 좀 매정할 때가 있어. 끝이다 생

각하지 말고 살짝 거리를 두고 생각해 봐."

"우리 딸이 말을 엄청 잘하잖아? 그 자리에서는 설득됐다가 돌아서서 아니다 싶었을 수도 있지. 뒤통수치는 게 아니라. 그럴 땐 '내 얘기는 충분히 했는데 네 얘기는 제대로 못 들은 것 같아서 너는 어때?' 하면서 물어보면 어떨까?"

"엄마가 그랬지? 너랑 나랑은 감정의 롤러코스터를 타는 사람이라고. 우린 감정 때문에 망할 거라고. 기분대로 했다간 꼭 후회하게 되더라."

아이와 대화하는 시간이 점점 늘어갔다. 더러 아이들의 민낯 같은 얘기를 듣는 게 힘들기도 했지만 덕분에 아이와 아이 주변 아이들까지 알아갈 수 있었다.

원래 그런 아이가 아닙니다,
담임선생님

    시연이의 반항과 충동적 행동이 극에 달했던 중학교 2학년. 세상에서 가장 두려운 일이 아이 학교 앞을 지날 때였다. 아이 학교는 우리 아파트 정문 바로 앞에 있었다. 아침마다 등교지도 하시는 선생님들이 행여 나를 알아볼까 봐 시선을 피하기 바빴다. 내가 교사라도 시연이의 잦은 지각과 등교시 복장 상태, 얼굴 화장 등 머리부터 발끝까지 눈에 거슬리는 게 많으니까. 문제투성이 같은 아이를 보내놓고 부모로서 정말 마음이 불편했다. 그때 코로나 때문에 강제로 써야 했던 마스크가 내겐 얼마나 감사한 가면이었는지 모른다.

그때는 학교와 선생님들이 세상에서 가장 불편하고 어려웠다. 그런데 뜻밖에도 당시 내게 가장 힘이 되어준 분들이 바로 시연이의 중학교 2, 3학년 담임선생님이었다. 특히 2학년 담임선생님은 시연이가 가장 격렬하게 몸부림칠 때였는데도 내게 싫은 소리 한 번 하지 않으셨다. 시연이에게 관심이 없어서가 아니었다. 내가 종종거리며 걱정을 하고, 학교에 몸 둘 바를 모르고, 위클래스 상담을 자주 다니니까 내 고충을 어느 정도 헤아려 준 것 같다.

학교생활 중에 아이의 소소한 문제를 하나하나 얘기해 봐야 엄마의 걱정과 불안을 키울 뿐 도움이 되지 않는다. 아이는 격렬히 흔들릴 수 있어도 부모는 그럴수록 중심을 잡아야 한다. 아이에게 부모는 최후의 보루가 아닌가. 학교에서 나를 수시로 불러 질타하지 않은 게 얼마나 감사한지 모른다. 내가 수시로 학교에 불려 다녔다면 죄책감 때문에 이 세상에 존재하지 않았을지도 모른다.

도둑이 제 발 저린다고 학교생활에 불성실한 아이를 보내놓고 나도 마음이 편치 않았다. 그래서 내가 먼저 담임선생님께 면담 요청을 했다. 선생님은 나의 긴 이야기를 듣고 열 마디보다 더 힘이 되는 한 마디를 해주셨다.

"엄마가 더 힘드시죠, 뭐!"

2학년 담임선생님은 나와 비슷한 연배로 보였다. 아이가 있다면 우리 아이 또래가 아닐까 싶었다. 그렇다면 이런 나를 좀 더 이해해 주지 않을까? 나도 모르게 이해와 공감을 바라며 선생님한테 의지하고 싶었던 것 같다. 그런 내 마음을 읽었을까? 선생님은 면담을 마치고 일어서는 나에게 한 번 더 힘을 실어주었다.

"어머니, 제가 배려해 드릴 수 있는 건 최대한 협조해 드릴게요. 언제든 얘기해 주세요. 어머님이 중심 잘 잡으시고요."

중학교 3학년 때도 시연이는 다정한 담임선생님을 만나 짧은 기간이지만 충분히 사랑받은 기억을 갖게 됐다. 시연이는 중학교 3학년 초에 위탁학교로 등교하고 있었다. 그러다 그해 9월경 지금의 중학교로 돌아왔다. 그때 만난 3학년 담임선생님은 다섯 살과 영유아, 어린 두 아이를 키우는 젊은 선생님으로 육아휴직을 마치고 복직한 상태였다. 담임선생님에게 시연이는 당연히 낯선 아이일 수밖에 없었다. 그동안 함께 지내온 정이 있는 것도 아니었다. 고등학교 진학을 앞두고 갑자기 돌아온 아이였기에 신경이 많이 쓰이는 아이였을 것이다. 그런데도 선생님은 문제아로 비춰졌을 시연이한테 무한 애정, 무한 긍정으로 대했다. 시연이가 학교로 돌아오자마자 중간고사를 봐야했는데 잘 본 과목이 있으면 따로 불러서 칭찬을 해주었다. 시연이는 교실에 있다가도 갑자기 공간과 분위기에 대해 불안이 올라오면 어쩔 줄 몰라할 때가 있었다. 학교 부적응의 증상이 몸으로 올라오면 몹시 집에가고 싶어 했는데 그럴 때도 아이를 충분히 배려해 주었다. 어느 날은 시연이가 품행 문제로 혼이 날 상황이었는데 담임선생님에게 처벌 대신 격려를 받고 왔다. 아이도 얼마나 뜻밖이고 감동이었는지 상기된 목소리로 말했다.

"엄마, 나는 쌤이 나한테 '실망이다! 너 원래 이런 아이였냐, 엄마한테 얘기 해야겠냐?' 그러실 줄 알았는데 나보고 뭐라는 줄 알아? '이번 일로 너에 대한 선입견이 생기거나 너에 대한 내 생각이 바뀌는 일은 없을 거야. 나는 앞으로도 너를 믿을 거고. 그러니까 앞으로도 잘 지내 보자!' 엄마, 우리 쌤 쩔지!"

그 후로도 종종 시연이는 담임선생님에 대해 자랑처럼 그날 있었던 일을 이야기했다.

"엄마, 오늘 담임선생님이 나 상점도 주시고 간식도 주셨어. 어제는 조퇴증 끊어 주시면서 나보고 오늘도 애썼다고 하셨어."

시연이의 학교 부적응은 여전했으나 담임선생님과의 행복한 정서적 교류를 통해 아이가 신기할 만큼 밝아지는 게 보였다. 역시, 나그네의 겉옷을 벗길 수 있는 건 힘센 바람이 아니라 따스한 해님이었다. 시연이의 굳게 닫힌 마음을 열어준 건 비난이나 벌점, 어떠한 처벌도 아니라 단 한 사람의 따스한 관심과 격려였다. 어떤 날은 조퇴하고 온 시연이가 담임선생님과 영상통화를 하면서 '선생님 사랑해요!'라고 하는데 나는 내가 잘못 본 줄 알았다. 우리 아이가 저런 표정에 '사랑해요'라는 말까지 하다니!

그 시절 3학년 담임선생님 말이 아직도 생생하다.

"어머니, 혹시 시연이가 졸업 못하고 유급 당할까 봐 걱정이세요? 어머님이 잘 도와주셔서 지금부터 졸업할 때까지 등교를 안 해도 유급은 안돼요. 어머니, 남들 다 가는 고등학교를 안 간다고 하니까 불안하시죠? 괜찮아요. 지금은 마음이 건강한 게 먼저잖아요. 어머님이 꼭 시연이 곁에서 힘이 돼 주세요."

고등학교를 안 가겠다던 시연이는 찬바람이 불던 어느 날, 특성화고 원서 접수 마지막 날 서류를 넣었다. 시연이가 지원한 특성화고는 주로 특별전형으로 선발하고, 학과에서 딱 4명만 일반전형으로 선발했다. 일반전형은 결국 중학교 내신과 성적을 보기 때문에 기대하긴 어려웠다. 밑져야 본전이란 생각에 지원이나 해보자고 아이를 설득했다.

"엄마, 내가 특성화고 가겠다고 하니까 쌤이 엄청 반가워하면서 입학원서 접수해 주셨어. 나 때문에 선생님 셋이 막 여기저기 전화해 보고 우리 쌤 도와주느라 다른 쌤들도 수업에 10분씩 지각하셨어. 그래도 애들은 개꿀이었겠지 엄마."

아이가 실없이 웃으며 말해도 속으로는 그 감사함을 아는 눈치였다. 다음 날 오전, 담임선생님으로부터 전화가 왔다. 너무 기뻐서 들뜬 목소리였다.

"어머니! 시연이 합격했어요!"

그 한마디가 내겐 이렇게 들렸다.

'우리 시연이가 해냈어요! 대단하지 않아요?'

달랑 자식 하나를 키우는데 이토록 요란하고도 힘들 일인가. 그럼에도 감사했다. 혼자 키우는 게 아니라서.

얼마나 위태로운가요?
위클래스 상담

"어머니는 시연이에 대해서 얼마나 알고 계세요?"

마주앉은 학교 위클래스 상담선생님의 표정이 조금 경직돼 보였다. 상담선생님이니까 일단은 푸근한 느낌을 주지 않을까? 기대하며 편안한 마음으로 방문했다가 되려 당황해서 긴장이 됐다. 조심스레 나는 아이가 요즘 무엇에 관심이 있는지, 어느 동네를 자주 가는지, 전화 통화로 연락하는 친구는 어떤 아이들인지 집에서 보고 귀동냥한 것들을 말씀드렸다. 그제야 상담선생님의 표정이 조금 누그러졌다.

상담선생님은 '시연이에 대해 엄마가 많이 알고 있구나, 아이가 보호자의 관심 아래 있구나' 싶어서인지 그제야 경계를 풀며 편안하게 대해 주셨다.

"시연이는 호기심도 많고, 외부 자극에 대한 반응이나 감각 추구가 높은 아이예요. 최근 행동 반경이 넓어졌고, 어울리는 아이들도 엄청 많아요. SNS로 페친(페이스북 친구)을 늘려 나가면서 학교 밖에도 친구가 많아요. 말씀드린 대로 시연이는 외향적인데다가 우리 학교의 다른 아이들과 비교하면요, 걱정스러운 아이들의 세계에 남들이 한 3년 동안 서서히 빠져든다면 시연이는 최근 한 3개월? 짧은 시간 안에 푹 빠진 것 같아서 솔직히 걱정이 많이 돼요. 주변에 친구들뿐 아니라 1년 선배들도 많고 아이들끼리 연결, 또 연결되고 하면서 영향을 많이 받을 수밖에 없으니까요. 사실 많이 위태로워 보여요, 어머니."

그날은 상담이라기보다 어찌 보면 경고성, 예고성의 이야기를 많이 들었다. 시연이가 왜 날마다 위클래스 상담선생님을 찾아가는지도 알게 됐다. 심리상담센터에서 10주에 걸쳐 만났던 상담선생님한테는 끝까지 마음을 열지 않던 아이다. 그런데 위클래스 상담 선생님을 날마다 찾아간 이유는 자기가 관심 있어 하는 또래와 선배들에 대해 위클래스 상담선생님은 상당히 많은 정보를 갖고 있기 때문이었다.

"선생님, 그 학교 3학년 지우 선배도 알아요?"

"어, 알지. 걔도 우리 학교 다니다가 전학 갔잖아."

시연이에게 위클래스 선생님은 상담뿐 아니라 관심 있는 아이들에 대한 정보통이었던 것이다. 자기가 아는 어른 중에 유일하게 말이 통하는 사람이기도 했다. 게다가 위클래스 상담선생님은 자기와 상담한 내용에 대해 부모님한테도 함부로 말하지 않을 것이란 신뢰가 있었다. 말이 통하고 관심사도 이해해 주는 '찐 어른' 같은 존재였다.

위클래스 상담선생님과의 만남은 아이가 처한 현실에 대해 엄중한 경고로 다가왔다. 한 순간 방심하면 손에서 미끄러져 나갈 것 같은 내 아이를 어떻게 지킬 수 있을지, 현실에 대한 경각심이 온몸을 타고 들어왔다. 집으로 오면서 나는 위태로운 아이를 어떻게 지켜야할지 가까이에서 시연이를 지켜봐 온 선생님의 생각과 예견을 깊이 새겼다. 아이에 대한 모든 결정은 결국 부모의 몫일 수밖에 없어서 너무나 외롭고 긴 밤을 보내야 했다.

불안에 압도당할 때,
1388 청소년 상담 전화

시연이가 학교 밖의 아이들과 한참 어울려 다닐 때였다. 시연이 문제로 결국 남편과 갈등이 심각해졌다. 자식을 잘못 키웠다는 죄책감 끝엔 내 존재에 대한 수치심이 올라왔다. 남편까지 '교육하는 사람이라 내가 너를 믿었는데'라며 원망을 쏟아냈다. 나의 심리상태는 말이 아니었다. 언젠가부터 건물 옥상을 올려다보는 버릇이 생겼다. 잠깐 마트를 다녀올 때, 외출하고 들어올 때도 그랬다. 어떻게 하면 이 시간을 끝낼 수 있을까? 죽는 거 외엔 완전한 끝이 없을 것 같았다.

'다 지나간다', '결국엔 돌아온다' 희망고문 같은 말로 나를 붙들기엔 역부족이었다. 죽을 자리를 찾듯이 건물 꼭대기로 눈길이 갔다. 코로나19 팬데믹으로 모임이 사라지면서 그동안 내가 해오던 교육 강의도 모두 취소가 됐다. 일을 통해 나의 인정욕구를 채울 수도 없었다. 설령 일이 있어도 나갈 수가 없었다. 내 자식도 제대로 못 키우면서 남들 앞에 설 자신이 없었으니까. 남들 시선이 두려웠고, 수치심은 말할 수도 없었다. 그저 눈에 보이는 아파트 꼭대기가 아니면 쥐구멍 속으로 사라져 버리고 싶었다.

아이처럼 심리적으로 위태롭기는 나도 마찬가지였다. 저녁만 되면 긴장과 불안, 우울이 올라왔다. 모두 잠든 새벽이면 그제야 긴장을 조금 내려놓을 수 있었다. 그래도 내 몸은 끝없이 가라앉는 기분이었다. 침대에 누우면 몸이 밑으로 꺼져버릴 것 같았고 침대가 그대로 관이 되어 나를 싣고 나가길 바랐다.

새벽 3시를 전후로 한번씩 나는 내가 무서워졌다. 우리 아파트 옥상 문은 엘리베이터 점검이나 공사만 아니면 늘 잠겨있었는데 엘리베이터 점검 차 옥상 출입문을 개방한다는 안내문이 붙으면 그게 머릿속에서 떠나질 않았다. 올라가 볼까? 창문이 높을까? 옆의 아파트는 어떨까? 생각의 꼬리를 물다가 돌아누우면 창가에 늘어진 블라인드 줄이 눈에 들어왔다. 뉴스에서 본 연예인들 중에는 욕실을 택한 경우도 많던데 우리 집 욕실 벽은 어떻지? 천장은 어떻지? 어느새 그런 생각을 하고 있었다. 그것도 아주 무덤덤하게.

그 당시 나만큼이나 우울이 심한 시연이는 자기를 스위스로 보내달라고 했다. 안락사가 합법인 국가라면서 몇 번이나 사정을 했다. 고통 없이 캡슐 안에서 안락사를 할 수 있다며 구체적인 정보를 찾아보면서 졸라댔다. 그런 날이면 세상이 더욱 캄캄했고 살아있는 시간이 지옥이었다. 그럴 때 서둘러 정신건강의학과로 달려갔어야 했다. 하지만 온 식구가 우울에 빠져 허덕이느라 누구 하나 빠져나올 정신머리가 없었다. 그러던 어느 날, '생명의 전화'가 생각났다.

'말로만 듣던 생명의 전화는 이 순간 나를 붙들어 줄 수 있을까?'

'내가 지금 왜 이런 생각을 하지? 분명히 죽고 싶었

는데 죽고 싶지 않은가?'

'전화를 걸고 저 쪽에서 여보세요? 하면 나는 뭐라고 말하지?'

1588-9191을 누르고 통화 버튼을 누르기까지 그 짧은 순간에도 여러 생각이 스쳤다. 그런데 허망하게도 전화 연결이 안 됐다. 다시 전화를 걸어 봤다. 누군가 먼저 목숨줄을 붙들어 달라고 매달리고 있는지 모든 상담사가 통화 중이었다.

'아, 생명의 전화도 내 차지가 안 되는구나! 죽고 싶은 사람이 나 말고도 너무너무 많아서….'

허탈했다. 그 순간 아이가 가출했을 때 지푸라기라도 잡는 심정으로 전화를 했던 '청소년사이버상담센터 1388'이 떠올랐다. 바로 연결이 됐다. 큰 잘못이라도 한 사람처럼 가슴이 쿵쾅거리며 뛰었다. 이 새벽에 누군가 깨어 있다가 내 얘길 들어주는 사람이 있다는 게 위로가 됐다. 그 뒤로도 불안이 너울거리다 못해 불안으로 곧 질식당할 것 같을 때마다 1388을 눌렀다. 새벽 2시건 4시건 전화 상담에라도 매달려야 했다. 그래야 그 밤을 무사히 살아서 넘길 수 있었으니까. 한편으로 도대체 상담사들은 누구고 어떤 시스템이기에 아무 때고 전화를 해도 받아주는지 눈물겹게 고마웠다. 적어도 그 순간엔 그들이 나의 구원자였다.

1388 전화 상담사들은 언제나 나를 아이 달래듯 깊은 공감의 말로 위로해 주었다. 가장 인상에 남는 상담은 마지막 상담 전화였다. 몹시 추운 겨울밤이었는데 나는 죽고 싶으면서도 두꺼운 패딩을 여며 입고 아파트 놀이터로 나갔다. 핸드폰 속에서 들리는 목소리는 나보다 10년쯤 위일 것 같은데 참으로 목소리가 따스했다. 그날도 나는 아이의 방황으로 인한 고통, 남편이 얹어주는 스트레스, 양육자로서의 자괴감을 풀어놓았다. 내 이야기를 아픈 마음으로 듣고 공감해 주던 상담사는 자기 가족 이야기를 들려주었다. 나보다 몇 배는 더 고통스러울 만한 사정이었다. TV에서나 나올 법한 이야기를 듣고 상대적으로 내 삶의 무게가 더 가볍구나 싶었다. 긴 겨울밤의 새벽녘, 갑자기 온몸에 한기가 들며 따뜻한 이부자리가 그리웠다.

'아, 춥다… 이제 이 전화를 끊고 그만 들어가고 싶은데 상담사님한테 뭐라고 하지?'

전에는 아무리 추워도 내가 먼저 상담 전화를 끊고 싶지는 않았다. 그런데 그날은 기분이 좀 달랐다. 처음으로 이제 그만 마무리하고 싶다는 생각이 들었으니까. 전화 상담을 마치고 집으로 들어가는데 '아, 내가 좀 괜찮아지고 있나 보다. 이제 더는 1388이나 생명의 전화에 매달리지 않아도 되겠구나.' 하는 생각이 들었다. 내 마음의 작은 변화를 느낀 그날 이후 나는 정말 새벽녘 상담 전화를 더는 찾지 않았다.

온몸으로 발산하길,
연극치료

"우리 딸! 전에 연기학원 같은데 관심 있다고 했었
잖아? 연극하는데 한번 가볼래?"

시연이는 중학교 3학년 4월부터 위탁학교로 등교
하고 있었다. 일반학교 수업에 비하면 위탁학교는 대
안 교육 프로그램으로 진행되기에 상당히 흥미로워했
다. 지각 한 번 없이 잘 다니고 있었는데 여름 방학을
앞두고 또 브레이크가 걸렸다. 새로 들어온 아이가 시
연이를 얕잡아 보고 무례하게 대하면서 갈등이 불거
졌다. 새로 온 친구는 그동안 시연이와 짝을 이뤄 잘

지내던 친구를 빼앗아 가듯이 시연이로부터 멀어지게 했다. 안 그래도 따돌림의 아픔이 있는 아이인데 또다시 비슷한 일이 반복되자 시연이가 뿌리째 흔들렸다. 위탁학교에서마저 조퇴하고 싶다는 전화가 왔다.

도대체 이 친구 관계로 인한 트라우마를 어찌 해줘야 하는지 막막하면서도 분노가 치밀었다. 그때 떠오른 것이 연극치료였다. 몸으로 표현하고 역할극으로 눌린 감정을 발산할 수 있다면 시연이에게도 분명히 도움이 될 것 같았다. 부천에 있는 한 연극치유연구소를 찾아내어 상담을 잡았다. 보통은 8회기나 10회기가 기본이지만 시연이가 적극적이지 않아서 한 타임의 시간을 늘려 4회기로 예약을 하고 갔다.

연극치유연구소의 지하연습실은 검은 벽면에 무대 조명이 설치돼 있고 한쪽 면엔 전면 거울이 붙어 있었다. 연극치료 선생님은 첫 시간부터 노련하게 아이 마음의 문을 열어 주었다.

'친구들과 대화할 때, 어떤 말투나 목소리로 이야기를 해야 말에 힘이 실릴까?'

'똑같은 말을 해도 애들이 이렇게 말하는 게 더 카

리스마 있을까? 아니면 이런 톤으로 말하는 게 더 카리스마 있을까?'

'평소에 어떻게 걷니? 자, 이런 자세로 말할 때 사람이 더 신뢰가 있어 보이니? 아니면 이런 자세로 말할 때 더 신뢰가 있어 보이니?'

친구들 사이에서 호감을 얻는 자세와 말투, 신뢰감을 주는 발성, 발성을 위한 호흡법 등 아이에게 1:1코칭으로 흥미를 돋워 주었다. 시연이는 선생님의 목소리가 너무 좋았고, 발성이나 말투, 자세에 대해 설명할 때는 애들한테 '가오'가 있어 보여서 아주 공감이 된다고 했다.

다음엔 좋아하는 노래로 수업한다며 시연이가 기대감을 내비쳤다. 요즘 청소년들은 SNS프로필에 음악을 올려놓는 아이들이 많다. 그 음악의 가사만 봐도 친구들과 어떤 일이 있는지 가늠이 될 정도다. 본인의 심리상태를 노래로 대신하는 아이들의 센스도 놀랍고, 매번 어디서 이런 노래들을 찾아내는지 그것도 신기했다. 때마침 연극치료 선생님도 형식은 노래지만 노래 가사를 가지고 상담을 할 생각이었던 것 같다. 시연이는 그저 '가장 좋아하는 노래, 사랑하는 사람에게 불러주고 싶은 노래'를 골라오란 말에 벌써 들떠 있었다. 두번째 수업은 자연스레 노래 가사로 상담이 진행되었다. 연극이란 방법으로 접근하다 보니 시연이는 상담이란 사실을 잊을 만큼 폭 빠져들었다. 상담 후 시연이는 그날 연극치료 수업이 얼마나 만족스러웠는지 들뜬 목소리로 자랑하듯 후기를 전해주었다.

"엄마, 그거 알아? TV 음악 프로그램 보면 캄캄한 무대 위에 가수가 혼자 앉아 있잖아. 그때 머리 위로 조명이 쫙 비추면 가수가 마이크를 천천히 들어 올리면서 노래를 시작하잖아. 엄마, 나 완전히 가수였어! 선생님이 나를 완전히 가수처럼 독무대를 만들어 주셨어."

수업 후 연극치료 선생님과 잠시 부모 상담을 하게 됐다. 시연이가 골라온 노래는 다비치의 '이 사랑'이었다. 사랑과 이별에 관한 노래가 아닐까 싶었는데 시연이가 '가장 와닿는 표현, 가사가 가리키는 이는 누구인지, 왜 이 노래를 불러주고 싶은지'에 대해 한결같이 아빠에 대해 말했다고 했다.

연극치료 선생님은 시연이가 아빠와의 소통, 정서적 교감에 대해 너무 답답함을 느낀다고 말했다. 대신 남자친구에게 그런 결핍을 채우려고 하는 것 같으니 아버지와의 근본적인 문제를 해결하기 위해서 노력해야 한다고 했다. 시연이는 누구보다 아버지의 사랑을 간절히 바라고 있다고. 선생님은 연극치료 수업 중에 시연이가 '아버지에 대한 진심의 말'을 주제로 쓴 편지를 건네주었다.

나는 아빠가 좋은데
아빠가 자꾸 내 말도 안 들어주고
화만 내니까 너무 속상해
아빠랑 대화할 때 일방적으로
화내지 않았으면 좋겠어.
난 아빠가 날 이해해 줄 때
사랑받는다고 느껴
나는 사랑받는 딸이 되고 싶어

아빠에 대한 시연이의 마음이 정말 고스란히 느껴졌다. 키가 작아도 야무지고 똘똘한 시연이를 남편은 은근히 자랑스러워했다. 그래서 결혼식이나 돌잔치에 갈 일이 생기면 꼭 시연이를 데리고 가고 싶어 했다. 그런데 중학교 이후 아이에 대한 실망이 크고 본인 자존심이 상하니까 시연이를 대할 때 눈빛, 태도, 말투, 모든 것에서 비난과 경멸이 느껴졌다. 누가 봐도 부정할 수 없을 만큼. 지금 시연이에겐 그리운 아빠 대신 평가하고, 감독하고, 날마다 버럭거리며 화부터 내는 무서운 어른만 남은 셈이다. 밖에서는 아이들의 못된 말을, 집에서는 아빠의 거친 비난을 막아낼 마음의 귀마개가 하루 종일 필요했을 아이다. 이해해 주고 인정해 주는 아빠, 귀한 딸이라고 충분히 사랑해 주는 아빠가 얼마나 그리웠을까. 아빠라는 마음의 방패가 얼마나 필요했을까.

시연이가 연극치료 수업에 주제곡으로 골랐다는 다비치의 '이 사랑'이란 노래를 찾아 들어봤다. '시간을 되돌리면 기억도 지워질까, 미안한 마음에 그런 거야.

사랑해요. 고마워요. 이 사랑 땜에 나는 살 수 있어.'

　가사에 실린 아이 마음을 더듬어 읽는데 너무 짠하고 애틋해서 가슴이 저렸다. 그 누구도 아닌 아빠가 이 마음 좀 알아주면 좋으련만. 아빠와 딸. 너무 멀어져버린 두 사람의 거리가 아프고 그저 원망스러웠다.

상담 말고 병원은?
소아청소년정신과

아쉽게도 연극치료는 4차시로 마무리 됐다. 하지만 그 시간이 시연이에겐 터닝 포인트였다. 자기 안에서 소용돌이치는 감정에 더 관심을 갖는 계기가 됐으니 까.

"엄마, 나 요즘 감정 조절이 너무 안 되는 것 같아. 밖에서도 한번 화가 나면 주체가 안 돼. 그래서 주먹 으로 벽을 콱 쳤다니까. 이 손으로!"

시연이가 먼저 감정조절이 안 된다고 말해주니 내심 반가웠다. 더 나아가 시연이는 지금까지 해오던 방법 말고 혹시 병원에 가보면 어떻겠냐는 말도 했다. 정신과는 본인의 의지가 중요해서 아이 마음이 식기 전에 당장 병원을 알아봤다.

소아청소년정신과 의사는 시연이가 불안이 높다 보니 우울증으로 나타난 것이라고 했다. 아이가 잠을 잘 못 자서 수면유도제를 찾았던 것도, 어느 것 하나 집중할 수 없었던 것도 결국 불안이 높아서 그랬던 거라며.

아이를 좀 더 빨리 데려오지 못한 것이 후회가 됐다. 그렇게 시작된 시연이의 정신과 치료는 남편에게도 변화의 터닝 포인트가 됐다.

"그래? 우리 딸이 그렇게 불안하고 우울해서 약까지 먹어야 할 정도였어? 그럼 나도 잔소리 안하고 더 이해해 보려고 노력해 봐야지. 치료 잘 받도록 당신이 잘 데리고 다녀."

남편의 태도가 달라진 건 반가웠지만, 그날 나는 속으로 참 씁쓸했다. 청소년기에 감정조절이 잘 안 되고 내적 혼란이 커지는 등 정서적 어려움을 겪게 되면 불안이 높아진다. 그 불안이 우울증과 문제행동으로 나타나기도 하는데 책으로 배운 걸 내 아이를 통해 경험하다니 참 허탈한 마음이랄까? 병원을 다니며 상담과 약물치료를 병행하자 시연이는 겉으로 드러나는 기분이나 태도가 눈에 띄게 달라졌다. 시연이와 친하게 지내던 후배는 시연이의 안정된 변화가 부러웠던 것 같다.

"엄마, 연경이가 자기도 청소년정신과에 같이 가도 되냐고 묻던데? 우리가 매주 가잖아. 그때 자기도 좀 같이 가면 안 되냐고 물어봐 달라는데?"

"그래? 어차피 가는 김에 내가 데려가도 상관은 없는데, 일단 연경이가 자기 엄마한테 허락을 받아야겠지?"

다음 날 시연이한테 안타까운 소릴 들었다.

"엄마, 연경이가 자기 엄마한테 말을 했는데 정신과를 왜 가냐고, 네가 미쳤냐고 그랬대. 연경이도 잠이 안 와서 수면유도제를 사서 한 알 먹었는데 그래도 잠이 안 오더래. 그래서 두 알을 먹었는데 그걸 보더니 연경이 엄마가 약물 중독자냐고 엄청 뭐라 했대."

스스로 병원에 가고 싶다고 말한 연경이의 마음이

어땠을까? 연경이는 시연이를 보면서 부모가 이해해주고 힘든 마음을 알아주는 것 같아 너무 부러웠을 것이다. 얼마나 절실했으면 선배와 그 엄마 편에 같이 묻어서라도 병원에 가보겠다고 했을까.

네 인생이 궁금은 하니?
아이의 신점 상담

시연이가 자퇴를 결정했을 때 마지못해 허락하고도 미련이 남았다. 그래서 아이 눈치를 봐가며 설득도 해 봤다.

'학교는 졸업만 해도 최소한의 스펙을 만들어 주는 곳이다. 소속이 있다는 안정감을 주고 졸업장으로 학력을 인정해 준다. 학교라는 작은 사회에서 '공동체 생활'을 나름 잘했다는 것도 증명해 준다. 특성화고에서 선생님들이 정성껏 써주시는 생활기록부는 웬만해선 그 자체로도 취업할 때 추천서가 될 것이다. 그리

고 엄마 생각이지만 인생에서 고등학교 친구만큼 진짜 오래 가는 친구가 없다.'

이미 귀를 막은 아이한테는 통하지 않았다. 자퇴하기로 마음먹었으니 방법은 검정고시 뿐이었다. 검정고시는 자퇴 처리가 끝나고 6개월 후에 응시접수가 가능하다. 1년에 두 번, 4월과 8월에 검정고시가 있는데 2월에 접수해서 4월에 보거나 6월에 접수해서 8월에 볼 수 있다. 시연이는 11월 말까지 자퇴 처리가 되어야 안전하게 이듬해 8월 검정고시를 볼 수가 있었다. 그래서 학업숙려제를 포기하고 바로 자퇴 처리까지 마쳤다. 시연이에겐 갑자기 학교가 뚝 끊어진 셈이다. 등교 준비를 하지 않아도 되는 아침이 나에겐 한동안 어색했다. 반대로 자유로운 영혼의 소유자인 시연이는 자신을 옭아맨 모든 것을 벗어던진 듯 홀가분해 보였다. 그리고 설마 했던 일이 벌어지기 시작했다. 한다면 하는 아이라 자퇴 후엔 자기만의 스케줄을 짜서 하루하루를 보낼 거라고 기대했다가 폭싹 속았다. 아니 시연이와 상관없이 우리 부부만 상상의 나래를 펼쳤다. 현실에서 시연이는 하루아침에 고삐 풀린

망아지였다. 한 달 넘게 밤을 낮 삼아 다니는데 아이가 다시 중학교 2학년으로 돌아간 게 아닌가 싶을 정도였다. 이럴려고 자퇴한다 했던가 싶을 만큼 나와 남편은 극심한 불안과 절망에 빠졌다. 내 자식이지만 아이에 대한 실망이 이루 말할 수가 없었다.

꼬박 한 달 반, 스스로도 지쳤는지 시연이는 죽은 듯이 3박 4일을 자고 나더니 친구와 함께 사주카페를 다니기 시작했다. 어느 날은 타로상담을 받고 왔다. 아무 생각이 없는 줄 알았더니 제 인생이 궁금하고 걱정이 되긴 했구나 싶었다. 그러다 하루는 더 놀라운 말을 했다.

"엄마, 무속인한테 1시간 동안 전화로 신점 상담 받기로 했어. 나 여러 가지 물어보긴 할 건데 그래도 돈 아까우니까 엄마도 물어봐 줬으면 하는 거 있어?"

하다하다 이제 점까지 본다고? 어처구니가 없었다. 남편과의 불화가 계속되던 터라 그 속상함을 아이 탓으로 슬쩍 돌리고픈 마음에 발끈하면서 말했다.

"야, 나한테 이혼 수가 있는지나 한번 물어봐라. 이

래가지고 아빠랑 내가 계속 살 수나 있겠냐?"

시연이는 자기 방에서 무속인과 한참을 통화하고 나오더니 말했다.

"우와, 소오름! 대박! 있잖아, 엄마! 처음부터 나더러 뭐라는 줄 알아? 학교에 다니냐고 묻길래 자퇴를 하려고 한다 그랬더니 열다섯에 이미 학교가 끊어졌대! 지금까지 다닌 거면 정말 억지로 겨우겨우 다녔을 거래. 대박이지, 엄마!"

아이는 한껏 들떠서 그 무속인이 자신의 상황, 어울리는 아이들, 그동안 얼마나 부모 속을 썩였는지 족집게처럼 다 알아맞히더라고 했다. 그러면서 '어차피 부모 말은 안 들을 테니까 내 말은 꼭 새겨들어. 내년에 검정고시 잘 보고, 너는 꼭 대학을 가는 게 교양 있는 인생을 사는 데 도움이 될 것이다. 고등학교를 지금 이런 식으로 자퇴할 거면 지방이라도 꼭 대학에 가서 졸업장을 따 놓는 게 도움이 될 것'이란 말을 했다고 한다. 그러면서 마지막에 '사람이 꼭 사주대로만 사는 건 아니니 보완하면서 살면 된다'고 말해줬다고 했다.

시연이는 자기가 후기를 굉장히 꼼꼼히 보고 만족도 높은 무속인을 골랐기 때문에 아주 잘 보는 사람이었다고 만족해했다. 자기한테 말해 준 내용이 전부 이해되고 자기가 생각해도 그럴 것 같다며 자기는 대학은 꼭 가야겠다고 했다. 또 엄마와 아빠 사이엔 살이 하나도 껴 있지 않으니 이혼은 좋은 선택이 아니라고. 자기 때문에 부모에게 불화가 생긴 거면 아빠의 속상한 마음을 딸이 좀 이해해 줄 필요가 있다고 했다.

그 이야기를 듣는데 어찌나 그 무속인이 고맙던지 업고 다니고 싶었다. 가슴의 쳇기가 쑥 내려가는 기분이었다. 그 무속인이 대체 누군지 나는 지금까지 한 번도 신점을 본 적이 없는데 내가 해주고 싶은 이야기를 철부지 아이에게 말해준 것이 눈물 나게 고마웠다. 정신 못 차리고 날뛰는 아이한테 다소 '센 어른(?)'의 조언이었다.

시연이는 신점 상담이 도움이 됐는지 그 뒤로도 신점에 한참을 더 매달렸다. 그때마다 자기가 이제껏 살아온 삶을 기가 막히게 알아맞힌다고 소름 돋는다고 야단이었다. 남친이든 썸남이든 물어보기 바빴다. 시연이는 매번 '헤어져라, 도움 안 된다, 중학교 때 인연은 모두 멀리 해라.' 그런 말만 들었다. 말은 안했지만 속으로 나는 그 말이 너무 고마웠다.

시연이는 끝내 원하는 소리를 못 들었는지 이번엔 직접 무속인을 찾아가 마지막으로 신점을 봐야겠다고 했다. 신점 상담 앱에서 예약을 하고 위치를 찾아보니 집에서 가까운 곳이라 혼자 보냈는데 후기가 가관이었다.

"엄마, 나 30분 예약하고 갔잖아. 근데 1시간도 넘게 상담해 주셨어. 근데 엄마가 나를 좀 더 이해해 주셔야 한다고 했어. 그리고 거기서 나 엄청 울었어. 내가 잘못한 것들을 혼내듯이 엄청 많이 얘기하셨어. 그리고 나보고 더 이상 점 보러 다니지 말래."

시연이의 신점 상담은 그날로 끝이 났다. 부모 말만 빼고 다른 사람들 말엔 귀가 얇은 아이다. 가슴에 열망은 많은데 그걸 다 표출하기엔 겁이 많은 아이다. 그래서 시연이에게 사주나 신점 상담은 생각보다 효과가 있었다. 조심하라는 건 조심할 줄 알고, 잘못이고 위험하다고 말하면 그들 말은 새겨듣기도 했으니까. 혼나고 왔다고 할 때는 속으로 '쌤통이다' 싶기도 했다. 나도 시연이한테 하고 싶은 말, 해주고 싶은 말이 너무나도 많았다. 하지만 그걸 입 밖으로 내자니 결국은 잔소리가 되고 원망이 되고 말았을 것이다. 이렇게라도 도움을 받을 수 있어서 좋았다. 무엇보다 시연이가 본인한테 도움이 됐다니 그것만으로도 감사한 일이다. 아무 생각이 없는 줄 알았는데 자기 용돈을 쏟아부으며 사주, 타로, 신점에 매달린 걸 보면 시연이가 우리보다 더 불안하고 힘들었던 것 같다. 결국 자기도 제 삶이 궁금하고 불안해서 그 몸부림을 쳤던 게 아닐까.

자식 불안 끝은 어디일까?
엄마의 신점 상담

시연이가 빠져있던 신점 상담에 나는 매번 흡족했다. 나 대신 아이를 혼내주는 기분이 들어서. 게다가 시연이는 무속인의 말에 대해서는 별다른 저항감이 없었다. 오히려 새겨들으며 조심하는 눈치였다. 그 바람에 신점에 대한 나의 선입견도 바뀌게 됐다. 어느 순간 신점에 대한 호기심과 의존이 내게로 옮겨왔다. 나도 모르게 신점 앱을 찾게 됐다.

2년 전이라면 생명의 전화나 1388을 떠올렸을 것이다. 그때는 나의 심리 상태가 위태로워서 그랬는데 이젠 상황이 좀 다르다. 속이 터지고 답답하니 누군가 내 하소연을 좀 들어주고 언제쯤 저 지랄이 멈춰질 것인지 얘기 좀 해줬으면 해서다.

핸드폰에 앱을 깔고 무속인의 후기나 선호도를 보면서 예약을 했다. 그런데 비용이 만만치가 않았다. 30초에 무려 1,000원에서 1,200원. 후기가 많은 무속인은 기본 30초에 무려 1,200원이었다. 1분이면 2,400원, 10분이면 24,000원. 여기에 부과세가 따로 붙었다. 그럼에도 목마른 사람이 우물 판다고 지금 내가 곧 죽을 판이니 어떻게든 그들이 모시는 신의 이야기라도 좀 들어보고 싶었다.

드디어 첫 전화 연결,

"아이구, 애기가 갈지자로 걷는다. 엄마야! 아이구, 어쩌냐. 우리 엄마 힘들어서. 갈지자로 걷는다. 애기가."

나도 안다. 그래서? 언제까지? 속이 탔다. 비싼 전화니까.

"엄마가 마흔 아홉이지? 오십 하나가 되면 마음이 좀 편안해지겠네."

그럼 우리 딸이 열아홉 살이 되면 지금 같은 방황을 끝내고 정신 차린단 말인가? 중학교 입학하면서부터 요란한 사춘기를 앓았는데 늦게 사춘기를 시작한 것도 아니고 열아홉이면 누구라도 정신 차릴 때가 되지 않았나? 본전 생각에 급히 전화상담을 마무리하고 이번엔 남자 무속인을 골랐다.

"잠깐만, 잠깐만! 있잖아요~, 나는~ 아기 동자라서 천~천~히 말해줘야 돼."

사진 상으론 중년의 남성으로 보였던 그는 다섯 살 아이처럼 말끝을 있는 대로 늘어뜨리며 천천히 말을 했다.

"엄마! 있잖아~, 우리 할머니가 그러는데~, 애한테 이래라 저래라 하지 말래! 얘는 그냥~ 지가 알아서 하는 애래. 엄마 있잖아~, 우리 할머니가 그러는데~, 얘는 손에 잡는다고 잡히는 애가 아니래. 그냥 가만~히 놔두래. 그리고 있잖아~"

돈 떨어져 나가는 속도에 비해 말이 너무 느려서 슬슬 화가 올라왔다. 그래선지 무속인의 말이 귀에 제대로 들어오질 않았다. 또 다른 무속인을 찾았다.

"정신 못 차리고 돌아다니지? 아직 사춘기 바람이 꽉 차서 그래. 아이가 그러고 다니다가 내가 더 이상 이렇게 살아서는 안 되겠다 싶어야 멈출 거야. 내년에 검정고시는 볼 거고, 내년 가을 되면 애가 뭘 좀 해보겠다고 하겠네. 돈복은 타고 났어. 걱정 안 해도 돼. 그래도 얘는 스무 살부터는 효녀 소리 듣는 애야. 엄마가 혹시 모시는 신당이 있으면 가서 날마다 촛불 올리고 기도를 드려 봐. 그러면 엄마 눈에도 애가 달라지는 게 보일 거야."

그제야 좀 위안이 됐다. 그런데 따지고 보면 특별한 말은 아니었다. 물론 요 몇 년 동안 시연이에 대해서는 놀라울 정도로 잘 알아맞히고 부모가 얼마나 힘들지 위로도 해주었다. 하지만 지금 이후에 대해서는 결국 또렷하게 말해주는 게 없었다. 아이 성향도 지금까지 숱하게 들어온 이야기였다. 어릴 적 기질검사, 초등학교 4학년 때 종합심리검사, 중학교 때 다시 받아본 종합심리검사 여기에 기질적 성향분석상담, 색채심리상담, MBTI, 동양의 성격학이라는 사주풀이 등 어찌 보면 그동안 모두가 나에게 알려줬다. 그런데 내가 그걸 알아듣지 못하고 계속 밖으로만 아이를 찾아 헤맸던 것이다. 돌아보면 시연이가 거기 있었는데.

아이 앞날은 아무도 모른대요,
나의 하느님

나는 모태신앙이다. 우리 친정은 증조할머니 때부터 할아버지, 친정 부모님 모두 신실한 천주교 신자였다. 나는 결혼도 성당에서 했고 일요일이면 당연히 성당에 가야한다고 생각했다. 비록 '선데이 1시간 신자'에 불과했지만 어릴 때부터 일요일이면 열심히 성당에 나가긴 했다. 불과 3년 전까지만 해도 그랬다.

내가 성당에 발길을 뚝 끊은 지가 3년이나 됐다. 처음엔 코로나19로 인한 집합금지를 이유로 성당 출입을 끊었다. 하지만 그건 핑계였다. 그때부터 시작된 아이의 방황이 나에게는 너무 큰 고통이었다. 너무 힘들면 기도란 걸 할 수도 없다. 더러 절박한 간청의 기도를 하기도 했지만 이루어지기는커녕 파도 뒤에 매번 쓰나미가 덮쳤다.

내가 얼마나 잘못 살았기에, 내가 얼마나 양육을 잘못했기에 이런 형벌을 받아야 하는지 억울했다. 아이의 방황은 내가 수용하고 감당해 낼 수 있는 수준이 아니었다. 형벌 중에서도 자식을 앞세워 받는 형벌이 가장 뼈아팠다. 도무지 나에게 구원이란 은혜는 보이지 않았다. 신이 존재한다면, 나를 이런 형벌 속에 이토록 오래 내박쳐 두지는 않을 것 같았다. 애원하며 매달릴 수 있는 신이 있다는 게 더 고통이었다. 그래서 나는 신을 버리기로 했고 믿음 따위는 무시하면서 3년을 보냈다. 대신 시연이를 통해 알게 된 새로운 세계에 늦바람나듯 빠져버렸다. 묻는 순간 바로바로 대답해 주고 알려주는 게 권능이 아니고 무어란 말인가. 그동안 나의 신은 너무나도 말이 없었다. 오히려 무응답이 더 원망스러웠다. 그래서 아이 따라 나도 사주에 신점까지 매달리며 아이에 대해 묻고 길을 찾곤 했다.

그런데 지금까지 시연이의 우여곡절은 참 많이도 알아내고 대답해 주곤 했는데 문제는 이후였다. 나에겐 당장 아이를 바로 세울 수 있는 족집게 같은 방법이나 영험한 처방이 필요했다. 그런데 누구도 나에게 속 시원한 대답을 해주지 못했다. 원하는 대답을 듣지 못하니 나는 갈급한 마음에 다른 사람, 또 다른 사람을 찾아 묻고 또 묻게 됐다. 그러다 신점 상담에 대한 내 기대가 부질없고 여기에서도 더는 희망을 찾을 수 없겠구나 싶었다. 그래도 '마지막으로 한 번만 더!' 하는 마음으로 무속인에게 전화상담을 했는데 그 무속인의 말이 귀에 박혔다.

'너의 신당을 찾아가 날마다 촛불을 밝히고 기도를 올려라. 그러면 자식의 변화가 엄마 눈에도 보일 만큼 달라질 것이다.'

그때 번뜩 정신이 들었다. 누구도 인간의 미래를 제대로 제시해 주지 못했다. 결국 아이의 미래는 아직 정해진 것이 없다는 말이다. 인간에게 주어진 자유의지로 누구든 얼마든지 자기 삶을 개척해 나갈 수 있다. 그렇다면 엄마로서 내가 해줄 수 있는 게 뭐가 있을까? 딱 두 가지가 선명하게 떠올랐다.

나라도 내 아이를 긍정의 시선으로 봐주고 아직 정해지지 않은 아이의 미래를 위해 끝까지 응원해 줄 것. 시연이의 부족한 점은 나의 신에게 기대어 그 아이를 축복해 달라고 매달려 볼 것. 이제 내가 할 수 있는 건 그것이었다.

그날부터 나는 마치 돌아온 탕자처럼 열심히 성당에 나가고 있다. 그리고 다짐하고 또 다짐하고 있다. 시연이가 흔들리고 비틀거리는 모습을 보더라도 더는 절망하며 신을 원망하지 않을 것. 시연이가 내 기대대로 따라오지 못해도 아이를 응원하며 기다려줄 것. 그러다 보면 시연이도 분명히 제 몫을 찾아갈 것이다.

나는 오늘도 기도한다. 나를 위해서. 이제 나만 잘하면 되니까.

3장

10대의 아픈 영혼이
이제야 보인다

"10대 아이들의

예민한 반응을 마주하게 된다면

미숙한 전두엽과 예민한 편도체를 떠올리세요."

- 김붕년 『10대 놀라운 뇌 불안한 뇌 아픈 뇌』

화장이냐 분장이냐,
슬픈 삐에로들

중학교 2학년 조카 녀석이 제 엄마한테 한 말이다.

"엄마는 언제부터 화장을 했어?"

"엄마? 음, 대학교 2학년?"

"아, 그래서 엄마가 화장을 못하는구나?"

자기 친구들은 화장을 세련되고 예쁘게 잘하는데 자기 엄마는 아직도 화장이 어색하고 대충한 느낌이 드니까 궁금했던 모양이다. 내가 봐도 요즘 청소년들이 SNS에 올린 사진을 보면 하나같이 아이돌처럼 메이크업을 잘한다. 학교에서는 화장을 못 하게 하지만 이미 중학교 여자아이들은 풀 메이크업도 할 줄 안다. 책가방 안에 책은 없어도 화장품 파우치 하나쯤은 들어있을 것이다. 그것도 아주 두둑하게 챙겨서. 단순히 화장을 하는 것이 문제가 아니다. 화장 때문에 빚어지는 갈등이 문제다. 시연이가 중학교 1학년 때였다. 책가방을 메고 방을 나간 아이가 2교시 시작 종이 울리는데도 아직 현관 거울 앞에 서 있었다. 속이 터지다 못해 중문을 열어 제치고 날카롭게 물었다.

"너 뭐 하냐?"

"아, 진짜 짜증나 죽겠어. 이거 봐, 이쪽이 자꾸 삐뚤어지잖아."

우리 때처럼 갈매기 눈썹도 아니고 그나마 짧은 일자 눈썹 하나를 그리면서 뭐가 그리 잘 안된다고 온갖 짜증을 다 내는지 도통 인간의 인내심으로는 지켜볼 수가 없었다. 그놈의 눈썹 한 짝 때문에 학교에 지각하기 일쑤였다. 하지만 이건 어디까지나 엄마의 입장이다. 이 시기 예민한 여자 아이들은 제 얼굴에 그리는 그 눈썹 하나가 학교도 못 갈 만큼 중요한 일이다. 화장에 대한 관심과 집착은 우리 아이만 그런 게 아닌

듯 했다.

"엄마, 오늘 기은이 학교 안 왔잖아!"

"뭐? 기은이가? 학교를 왜 안 와?"

"아니! 어떻게 그럴 수가 있어? 담임 쌤 수업 끝나고 쉬는 시간에 기은이가 마스카라를 칠하고 있었거든. 그런데 쌤이 갑자기 기은이한테 오더니 마스카라를 뺏어서 쓰레기통에 확 던져버리는 거야. 이딴 거 하지 말라고. 어떻게 그럴 수가 있어? 기은이가 엄청 울었어. 오늘 학교도 안 왔어. 엄마, 와! 진짜 암만 쌤이라도 너무하지 않아?"

아이는 친구가 겪은 일을 마치 자기가 당한 일인 양, 있을 수도 없는 일이라는 듯 흥분하며 말했다.

"그랬구나. 기은이가 많이 속상했겠네. 애들 다 보는데서 그랬으면 더 속상했겠네."

한편으로는 담임선생님도 몇 번쯤 경고하지 않았을까 싶다. 물론 본보기 삼아 그랬을 수도 있다. 하지만 한참 예민하고 충동적인 아이들한테 선생님의 방법이 통할 리가 없다. 게다가 쓰레기통에 내박쳐진 마스카라는 화장품이 아니라 곧 자기 자신처럼 느껴져 모욕

적이었을 것이다.

왜 그렇게 화장에 집착하는 걸까? 중학생 여자아이들의 화장이 짙을 때, 그 모습을 잘 들여다보면 화장이 과해서 분장처럼 보일 때가 많다. 또 짙은 분장 너머의 눈빛에서 우울감이 보이기도 한다. 아이가 바로 코앞에 섰는데도 눈빛에서는 두려워서 뒷걸음질 치는 그런 느낌? 마치 삐에로의 분장 뒤에 숨은 슬픈 얼굴처럼 말이다. 자신의 존재감을 드러내고 싶고, 알아줬으면 좋겠고, 인정받고 싶은데 마음대로 안 될 때 아이들은 더 화장에 집착한다. 그럴 때 어른이 해줄 수 있는 게 뭘까? 학생이 화장이 짙다고, 보이는 모습만 지적할 일이 아니다. 화장이 짙을수록 화장 뒤에 숨은 아이의 진짜 마음. 관심과 애정, 인정받고 싶은 아이의 마음을 봐줄 수 있어야 한다. 아직은 자라는 아이다 보니 표현도 미숙하다. 진짜 속마음을 표현하는 방법을 몰라서 겉모습에 집착하며 표현했을 뿐. 아이들은 보여지는 것으로 자기표현을 한다. 그런데 어른들은 보면서도 그 중요한 메시지를 알아듣지 못한다.

자신을 지켜주는 갑옷, 인싸

중학생 여자아이들에게 외모란 무엇일까? 외모에 대한 아이들의 관심이라면 또 하나 잊을 수 없는 에피소드가 있다. 한번은 시연이가 친구들을 데려와 이야기하는데 듣자듣자 하니 어처구니가 없었다. 넷이 거실에 모여 앉아서 각자 거울을 들고 자기들 얼굴에 대한 품평회를 하는 것이다.

"야, 나 코가 완전 에바야(오버하다, 너무 지나쳤다, 망했다는 느낌으로 요즘 청소년들이 쓰는 표현). 콧대가 아예 없어. 완전 에바야!"

보통 이렇게 말하면 친구가 나서서 '그 정도가 뭐에바야. 네가 에바면 난 뭐냐?'라고 말해주는 게 일반적인 대화의 흐름일 텐데 요즘 애들은 좀 다르다.

"내 눈은 완전 찐따야! 쌍꺼풀이 생기다 말았어. 울고 자잖아? 그나마 쌍꺼풀이 아예 없어. 이거 완전 쌍수 해야 하는 눈 아님?"

"이것들아, 나는 앞트임이 없어. 진짜 눈이 개멀지 않냐? 어떻게 이럴 수가 있어?"

이런 식으로 돌아가면서 각자 자기 외모 비하를 해댄다. 그 누구도 친구의 외모에 대한 셀프 디스를 바로 잡아주거나 위로해 주지 않았다. 그 얘긴 곧 인정해주는 꼴이다. 정말 별꼴을 다 본다. 함께 모여서 누가 더 못생겼는지 배틀을 하다니! 아니나 다를까 친구들이 가고 나자 그때부터 본격적으로 성형에 대한 요구가 빗발쳤다. 자기가 얼마나 못생겼는지 친구들도 다 인정했다며 자기 외모는 AS가 꼭 필요하다는 것이다. 벌써 이벤트 중인 성형외과며 수술 비용, 후기까지 검색하고 졸라댔다.

얼굴뿐만 아니다. 지방 흡입이 필요하네, 가슴이 남

들보다 작네, 골반이 없네. 솔직히 말해서 요즘 아이들에게 관심을 갖다 보면 속마음까지 가 닿기도 전에 먼저 귀에서 피가 흐르고 속이 울렁거린다. 그런데 진짜 놀라서 사래까지 걸릴 일은 SNS에 올린 아이들의 사진이다. 아이돌처럼 화장하고 보정한 얼굴이 다가 아니다. 성적 매력으로 관심을 끄는 유튜버들처럼 시선 끄는 몸매를 거침없이 올린다. 가슴 부분 노출을 슬쩍 시도하는 아이도 있다. 시연이도 '이 정도는 기본'이라며 그에 비하면 자긴 아무것도 아니라며 사진을 보여주는데 내 눈엔 섹시한 게 아니라 '미쳤구나' 싶었다. 남들 보라고 올린 사진이지만 남이 볼까 봐 무서웠다. 이게 과연 열다섯의 모습인가 싶을 만큼 문화적 충격이었다. 게다가 어디서 알았는지 힙업 보정 속옷인 '엉뽕', 골반 보정용 '골반뽕', '가슴 브라렛' 등 다양한 보정 속옷의 정보를 서로 공유하는데 도저히 적응이 안됐다.

　도대체 아이들이 그렇게 외모에 집착하는 이유가 뭘까? 요즘 청소년들은 SNS로 소통하는 세대다. 학교 울타리가 무의미할 만큼 요즘 아이들은 광범위하게 또래와 연결되고 소통하며 지낸다. 예쁜 얼굴과 외모는 당연히 관심의 대상이고 자신의 SNS계정에 '친추(친구 추가)'하기가 쉽다. 팔로워를 쉽게 늘릴 수 있는 것이다. 그렇게 팔로워가 많아지면 당연히 인싸로 통한다. 인싸는 아이들 세계에서도 결코 무시할 수 없는 파워를 갖는다. 간혹 그 친구가 좀 못마땅해도 함부로 할 수가 없다. 인싸는 남들이 함부로 할 수 없는 방패막이다. 자신을 지키는데 그 어떤 것보다 든든한 갑옷이다. 시연이도 한때 '인싸에 목숨을 걸었다'고 한 적이 있다. 학교에서 따돌림 당하고 학교에 적응을 못했던 시연이에게 관심받는 외모와 팔로워 수, 다시 말해 인싸는 학교 안팎에서 자신을 지켜줄 든든한 갑옷이자 단단한 껍데기였다.

외모와 인싸에 집착한다고 아이들을 보며 혀를 차지만 어른도 마찬가지 아닐까? 오늘 내가 분위기 있는 곳에서 특별한 시간을 보냈고, 맛있는 음식을 먹었다는 것을 사진으로 올리며 자신의 사생활을 공유한다. 자신의 일거수 일투족을 그럴싸하게 포장하고 때로는 과장하기도 하면서 경쟁적으로 노출한다. 그리고 열심히 하트를 누르고, 팔로잉을 추가하고, 팔로워 수를 보며 자신의 존재를 확인하려 한다. 제법 인싸의 반열에 오르면 욕구 충족뿐만 아니라 타인에 대한 영향력이 생긴다. 좋은 말로 영향력이지 어른들 마음 속에 숨은 그 지배 욕구와 성취에 대한 욕망이 아이들 세계라고 해서 다를까. 교실에 갇혀 살다시피 하는 아이들이지만 SNS로는 얼마든지 억눌린 자유와 욕구, 욕망을 분출하고 열망을 채우고 싶을 것이다.

주인공이 되는 삶,
너의 부캐

"시연아, 라방(SNS 라이브 방송)을 하면 몇 명이나 들어 오니?"

"한 100명 정도?"

"엥? 100명이나?"

"얼마 안 되는 건데?"

깜짝 놀랐다. 열일곱이던 시연이가 SNS로 라이브 방송을 하면 백 명이나 되는 아이들이 들어온다니. 내 주변에서 보면 동네 작은 책방에서 작가와 함께 라방을 열어도 인지도 있는 작가가 아니면 수십 명에 불과

하던데 정말 놀라웠다.

"아니, 그럼 대체 무슨 얘길 그렇게 해? 저번에 보니까 뭐, '이제 질문 받을게요' 그런 말도 하던데?"

"그냥 뭐, 친구 초대해서 같이 수다 떨듯이 이야기하면 애들이 그냥 들어와서 들어. 질문도 뭐, 연지는 언제 들어와요? 틴트 뭐 써요? 뭐 그런 거?"

알고 보니 허탈할 만큼 특별한 이슈나 콘텐츠가 있는 게 아니었다. 그런데도 기꺼이 소소한 일상을 공유하는 모습이 신기했다. 어떤 면에서는 용기 있어 보였다. 라이브로 무언가를 한다는 건 그만큼 타인의 관심을 집중시키며 팔로워들에게 시간을 내달라고 돌려서 요청하는 게 아닐까? 하지만 요즘 아이들은 그렇지도 않은가 보다. 내가 라방을 하니 올 사람은 오고 말 사람은 말고. 그저 본인이 소통하고 싶을 때 본인만의 방식으로 하는 것 같다. 시연이가 때로 키득거리며 친구들의 동영상을 보곤 하는데 짧은 동영상을 올리는 SNS계정에 공유된 동영상이었다.

"엄마, 얘네 좀 봐. 너무 웃기지 않아?"

메이크업하기 전후의 모습, 급식 시간에 친구를 놀

려먹는 모습, 친구와 파자마 차림으로 노는 모습, 밤에 공원에 나와서 우스꽝스러운 춤사위까지 찍어 올린다. 내 눈엔 '뭐하는 건가?' 하나같이 NG컷인데 아이들은 매우 재밌어한다. 그런 모습을 보니 '아, 요즘 애들은 이렇게 노는구나?' 싶었다. 미디어에 누구나 자신의 모습을 찍어 올리고 주인공이 된다. SNS 활동은 그냥 아이들의 놀이 문화다. 누구나 주인공이 되어 영상을 올리는 모습을 보면서 한편으로 이 아이들은 이미 부캐를 가졌구나. 사회에서 부여한 학생이란 신분이 아니라 자기만의 표현 욕구를 발산하고 자기다움을 찾아가고 있었다.

어른들과는 다르다. 가르쳐주지 않아도 아이들은 스스로 사회 시스템 안에서 자기들만의 방식을 찾아 삶의 균형을 찾아갈 줄 안다. 어쩌면 늘 생각만 하는 우리들보다 나은 아이들이다.

어른 세계에 대한 동경,
아직은 어린 철부지

중학생인 시연이와 또래 친구들을 보면서 한번씩 '도대체 머릿속에 뭐가 들어앉았길래?' 하는 생각을 했다. 내 앞에서 예의 바르게 깍듯할 때도 있고 때론 '어떻게 저런 생각을 다하지? 기특하다' 싶을 때도 있다. 그런데 어떨 때는 당황스러울 만큼 초등학생보다 못할 때가 있다. 뇌발달로 보면 합리적이고 이성적인 생각과 이해, 판단, 집중, 조절을 할 수 있는 전두엽은 10대 초반부터 30대 초반까지 무려 20년에 걸쳐 발달한다. 그 중에서도 10대 초반에 50%가 진행된다고 하니 우리 눈엔 안 보여도 아이들의 머릿속은 뭔가 분주하게 돌아가고 있는 것이다. 우리 시연이뿐만 아니라 대체적으로 이 시기의 아이들은 예민하다. 짜증도 많고, 날카롭고, 예의 따위는 잊은 지 오래다. 남자 아이들도 마찬가지다. 호르몬의 영향으로(남성호르몬 테스토스테론이 편도체를 자극한다) 사소한 일에도 사람을 잡아먹을 듯이 공격적이다. 06년생인지, 07년생인지 위계질서가 중요하고 충동적으로 일을 저질러 놓고는 후회한다. 날 것 그대로의 민낯일 때가 많다.

중학교 3학년 때 시연이네 반에도 딱 그런 남자 아이가 있었다. 이름이 민준이였는데 학폭을 당해서 전학을 왔다. 학교에선 말이 없고 조용한 편인데 방과후엔 노는 아이들과 어울리길 좋아하고 밖에서는 말이 무척 많은 편이라고 했다. 시연이는 그런 민준이가 이성이 아닌 동성 친구 같다고 했다. 민준이도 나를 마주칠 때마다 인사도 깍듯이 하고 '이모, 이모'하면서 살갑게 굴었다. 시연이는 민준이가 가출을 하게 될까 봐 걱정이라고 했다. 그래서 나도 민준이한테 관심을 주려고 노력했다. 시연이는 민준이를 붙잡고 '가출하면 개고생이다, 그 친구랑은 자주 연락 안 하는 게 좋다'라며 경험자로서 민준이를 붙잡아주곤 했다.

그러던 어느 날, 시연이가 민준이와 영상폰으로 통화하는 소리를 들었다. 그런데 무슨 통화가 중간 중간에 18이란 숫자가 셀 수도 없이 나왔다.

"내가 18! 아, 분명히 18, 말을 했는데도 18, 또 그러는 거야 18! 이 새끼가. 아, 18!"

'요 녀석 봐라!' 어디 내가 얼굴을 디밀어도 그럴 수 있나 보자 싶어 시연이 핸드폰에 얼굴을 확 디밀었다. 순간 나는 놀라자빠질 뻔했다. 민준이도 화들짝 놀라며 카메라에서 잠시 멀어졌다. 아니, 그렇게 조카 녀석처럼 살갑게 굴던 아이가 완전 딴 사람처럼 담배를 입에 물고 '습- 후-' 연신 담배 연기를 뿜어내고 있었다. 얼핏 봐도 불량할 대로 불량스러워 보였다.

"야! 너!"

"아, 이모! 죄송해요. 진짜 죄송해요."

그런 일이 있고 어느 날, 시연이를 만나러 온 민준이를 붙잡고 살살 물어봤다.

"도대체 너희들은 그렇게 '해롭다 해롭다' 하는 담배를, 하다 못해 담뱃갑에 아주 징그러운 그림을 붙여

놔도 왜 자꾸 피워대는 거냐. 응?"

"이모 있잖아요. 사실은 그게요. 저도 아빠한테 하도 혼나서 안 피우려고 해 봤거든요? 근데 자꾸 짜증 나고 그러면 안 피울 수가 없어요. 속이 막 답답하고 그럴 때는요, 일단 한번 쭉- 땡겨 줘야 돼요. 그러면 목을 탁, 치는 느낌이 있어요. 칼칼하고 그러면서도 목을 탁, 칠 때의 그 느낌은 전자 담배로는 안돼요. 그리고 쭉~ 내뱉고 나면요. 이게요, 진짜 뭔가 답답하면서도 속이 시원하다고 해야 되나? 하여간 그런 게 있어요. 제 친구 아빠가 그랬대요. 담배는 줄이는 건 안된대요. 담배를 아예 끊거나 피우거나인데 끊을 수는 없고 그냥 평생 참는 거래요. 진짜 끊는 건 잘 안 되는 것 같아요. 근데 그날 이모가 영상폰에 나올 줄은 몰랐어요. 진짜, 진짜 제가 깜짝 놀래가지고. 진짜 죄송해요."

"알았다! 이놈아. 그래도 담배 끊는 게 어려우면 줄줄이 빼빼로 먹어 치우듯이 그렇게는 하지 마라. 엄마 걱정하신다. 알았지?"

민준이와는 더러 속 얘기도 나눈 사이라 그런지 한

번은 그 녀석한테서 다소 은밀한(?) 전화가 왔다.

"이모, 시연이가 전화를 안 받아서요. 제가 좀 급해서요."

말도 듣기 전에 나는 벌써 심장이 떨어졌다. 또 무슨 일인가 싶어서. 전에도 민준이가 형들한테 오토바이를 한 번 빌려 탔다가 그 대가로 백만 원 상당의 패딩을 뺏긴 적이 있었다. 또 아는 형들한테 민준이가 돈을 빌렸다가 갚지 못해서 결국엔 브랜드 옷이란 옷은 모조리 다 빼앗긴 적도 있다. 이번에도 자기 엄마한테 말 못할 무슨 급박한 사정이 있구나 싶어서 내가 다 숨이 넘어갈 지경이었다.

"어, 그래! 뭔 일이야? 왜? 왜! 민준아, 빨리 말해!"

"그게요, D스터디카페 어디 있는지 아시죠? 지금 그 건물 2층 화장실인데요."

"그래, 거기 알아! 그런데 왜, 무슨 일 있니?"

"이모, 지금 여기 휴지가 없어요. 저 남자 화장실 두 번째 칸에 있거든요."

순간, 쌍욕이 튀어나올 뻔했다.

"알았다. 휴지 들고 빨리 갈게. 말리면서 조금만 기

다리고 있어. 알았지?"

　빨리 어른이 되고 싶어서 벌써 어른 흉내는 다 내고 어른 대접도 바라면서 이럴 때 보면 아직 애기다. 자기 머문 자리 하나 해결을 못 해서 친구 엄마한테까지 전화를 해대는 이 녀석을 어찌하랴? 제 한 몸도 관리가 안되는 철부지인 것을.

다양성을 인정하지 않는 이름,
부적응

시연이가 중학교 2학년 하반기 즈음이었다. 아이들이 1학년도 아니고 2학년쯤 되다 보면 아무래도 교복 챙겨입는데 긴장감이 떨어진다. 가을엔 쌀쌀하기도 해서 아이들이 교복 위에 사복 가디건을 입기도 하고, 후드 점퍼를 걸치기도 한다.

어느 날, 시연이와 친구들이 우리 집으로 몰려와서 그날 있었던 일에 대해 성토를 했다. 들자하니 복장 문제로 선생님께 한마디씩 들은 것 같았다.

"아니, 진짜 개짜증 나! 쌤이 나한테 패션쇼 하냐?

그러면서 가디건을 확 잡아당기는 거임!"

"그니까. 우리 반에 와서 뭐라는 줄 알아? 나한테 너는 동네 마실 나왔냐? 그러는 거임!"

"근데, 연지도 후드 입음. 근데 걔한테는 왜 암말 안 함? 완전 차별하는 거 아님? 공부 잘한다고 걔한테는 암말 안 하는 거잖아!"

"맞아! 연지한테는 진짜 그래. 나는 진짜 핸드폰 안 봤는데도 너 핸드폰 했지? 막 그러는 거임."

학교에서 작은 횡단보도만 건너면 바로 우리 집이다 보니 하교 후에 시연이가 자주 친구들을 데리고 왔다. 그날도 시연이까지 네 명이 학교에서 있었던 일이 얼마나 억울한지 침을 튀겨가며 흥분해서 말하고 있었다.

여학생의 경우 염색 컬러가 무난한 갈색을 넘어서고 귀에 피어싱을 한다거나 손톱에 화려한 네일 연장 팁을 붙이고 오면 선생님들도 난감할 수밖에 없다. 그걸 개성이라고, 탁월한 감각에 센스라고 칭찬하기엔 교칙에 걸리고 형평성에도 문제가 될테니까. 게다가 먼저 시작하는 아이가 분위기를 흐리는 주동자인 셈이니 예민해질 수도 있다.

한번은 시연이가 선생님들한테 크게 도발을 했다. 흰색의 네일 연장 팁을 붙이고 학교에 간 것이다. 안 그래도 귀에 피어싱이 있어서 선생님들 눈에 거슬렸을 텐데 보란 듯이 네일 팁까지 하다니. 시연이는 왜 그렇게까지 했을까?

시연이는 키만 작은 게 아니었다. 손도 너무 작아서 아이들 앞에 손을 내놓기가 너무 부끄럽고 창피하다고 했다. 어떻게든 손가락의 길이를 늘이고 싶어 안달이 났다. 그래서 생각한 게 네일 연장 팁이고 그나마 자기 딴엔 시선을 피해 가려고 무채색인 흰색으로 붙였던 것이다. 그런데 그날 연거푸 선생님들한테 지적을 받았다. 어떤 선생님은 옆구리를 쿡, 찌르며 '이게(네일) 뭘까?'라고 했고, 다른 선생님은 교복 소매를 휙, 잡아당기면서 '손, 손, 손!' 하며 지적했다. 선생님도 나름은 다른 아이들의 시선을 끌지 않고 슬쩍 얘기해 주려고 그랬을 것이다. 그래도 시연이는 많이 힘들어했다. 안 그래도 학교 부적응이 있는 데다 신체적 열등감이 심해서 자신을 꾸미는 것으로 신체적 열등감을 견뎌왔다. 시연이가 그렇게 외모에 민감하고 신체적 열등감이 심해진 데는 나름의 이유가 있었다. 외모에 대한 또래의 괴롭힘이 중학교 1학년 때부터 아주 심할 만큼 잦았다. 익명의 앱으로

'님은 도대체 키가 얼마인가요? 혹시 장애년이세요?'

'네 남친은 소아 성애자냐? 어떻게 너를 여자로 볼 수가 있냐?'

때론 학교 교실 전자칠판에 공개적으로 상처를 주는 녀석들도 있었다. 교실 아이들이 다 보는데도

'우리 반에 초딩 키, 장애'

질문을 가장한 외모 비하와 인신공격이 도를 넘는 경우가 정말 많았다. 시연이한테 키가 도대체 몇이냐, 정확히 얼마냐며 물어보러 오기도 했다. 신체 폭력도 고통스럽지만 언어 폭력, 정서 폭력 또한 말도 못하게 괴로운 일이다. 외모에 대해 자꾸 지적하고 공격하면 아무리 멘탈이 강한 어른이라도 트라우마가 될 수 있다. 열네 살 때부터 또래한테 자주 그런 공격을 받으니 아이의 신체적 열등감은 더욱 심해질 수밖에 없었다.

시연이는 자기 외모를 조금이라도 성숙한 모습으로 꾸몄을 때 비로소 또래 아이들 속으로 들어갈 수 있었다. 전혀 꾸미지 않은 모습으로는 그 속에 들어갈 자신이 없었을 것이다. 아가씨처럼 변해 있는 친구들 곁에서 자기도 이질감을 느꼈을 테니까.

누군가는 시연이에게 '자존감이 있으면 얼마든지 당당할 수 있다', '왜 남의 시선에 휘둘려?'라고 조언할 수 있다. 하지만 콤플렉스가 그렇게 쉽게, 아무렇지도 않게 털어지지 않는다. 입장 바꿔 보면 누구라도 말이다. 학교에서 선생님의 시선, 옷을 잡아당기는 불쾌한 터치로 안 그래도 가기 싫은 학교가 더 가기 싫었던 날, 아이가 외부 상담 선생님을 만나고 오더니 기분이 한결 나아져서 말했다.

"엄마, 상담 쌤이 그러셨어. 부적응이란 말도 결국 다양성을 인정하지 않기 위해서 나온 말이래. 찐 멋지지!"

시연이가 존칭을 써가며 말을 할 때는 그 대상이 상당히 마음에 들고 '찐 어른 같다'는 뜻이다. 가만히 보니 시연이는 자기가 감동 받거나 찐 어른 같다고 여겨

지면 낯설 정도로 극존칭에 존댓말을 사용해 말하곤
했다.

"그리고 또 뭐라고 하셨는 줄 알아? 어른이라고 다
찐 어른이 아니래. 어른도 표현이 미숙한 사람이 있
는데 오늘 너한테 그렇게 하신 선생님은 너의 진짜 모
습을 봐주지 못해서 그런 거라 안타깝다고, 그렇게 말
씀하셨어. 대박이지! 엄마, 이 쌤은 진짜 찐 어른 같지
않아? 그래서 내가 쌤이 우리 학교 오면 안되냐고 그
랬어."

상담 선생님 말에 시연이는 그날 받은 상처가 한꺼
번에 씻겨져 나간 듯한 표정이었다.

아이들이 보이는 '학교 부적응'의 유형을 보면 주로
교실이라는 답답한 '공간'에 대한 부적응. 선생님과
친구들 간의 '관계의 어려움'으로 인한 부적응. 학업
에 대한 부담감과 어려움 같은 '학습'에 대한 부적응.
그리고 아이가 가정에서 겪는 정서적 어려움으로 인
해 학교생활까지 힘들어지는 '정서' 부적응까지 다양
하다. 단지 튀고 싶어서가 아니라 오히려 적응을 위한
그 아이만의 몸부림일 수도 있다. 하지만 개개인의 개

성과 사정을 봐주기에는 공교육의 벽은 아직 높을 수밖에 없나 보다. '오직, 범위 안에서'가 정말 힘든 아이는 어찌 해야 할지…. 아프고 예민한 아이를 둔 엄마라 마음이 무거워진다.

자퇴와 자취,
아이의 속사정

"엄마, 나 지혜 언니처럼 원룸 구해주면 안 돼? 나자취하면 안 돼? 아니 진짜 아빠가 만날 나한테 뭐라하는 것도 싫고. 내가 알아서 학교 잘 다닐게. 응?"

시연이는 그렇게 뭔가에 꽂혀서 한 번 입 밖으로 내뱉고 나면 내가 너덜너덜해질 때까지 졸라댄다.

"네가 무슨 자취야. 방 청소도 똑바로 안 하면서. 깨우면 일어나기나 해? 밥이랑 살림은 어떻게 하고. 게다가 중3이 자취라니 말이 돼?"

"나보다 한 살 많은 지혜 언니도 우리 학교 바로 옆

원룸에서 자취하잖아. 내가 가 봤어. 복층이라서 잠은 위에서 자고 아래에는 책상도 있어. 그 언니 있잖아, 명품 향수가 한 수십 개는 되나 봐. 엄청 많고 향수만 쫙 진열해 놨어. 수족관에 물고기도 키워. 인덕션이랑 세탁기, 에어컨도 다 있어. 언니 엄마가 일주일에 한 번씩 와서 햇반이랑 국 같은 것도 한꺼번에 장 봐서 갖다주신대. 지혜 언니랑 밥도 같이 먹었어. 엄마, 나도 제발 자취하게 해주면 안 돼?"

듣고 있자니 부아가 치밀어서 한마디 했다.

"야, 그런 복층 원룸이면 내가 나가서 살고 싶다. 너랑 아빠 놔두고 제발 나 혼자! 그런 집이면 나부터 좀 나가서 살아보고 싶다!"

시연이는 선배를 보고 오더니 자유로운 싱글 라이프, 그 로망에 눈이 먼듯했다. 혼자라는 자유도 부러운데 일상에서 꿈꾸는 로망, 그런 것들을 다 갖추고 사는 한 살 위 언니를 보니까 자기도 당장 독립을 하고 싶었을 것이다. 안 그래도 시연이는 아빠와의 갈등이 깊었다. 작은 일에도 아빠는 쉽게 화를 내고 통제하려 들기 바빴으니까. 엄마는 매일같이 불안에 휩싸

여 잔소리가 많으니 이 참에 완전히 벗어나고 싶을 만도 했다. 그런데 그게 다가 아니었다. 아이들 말은 겉으로 내뱉는 말만 들어서는 그 마음을 온전히 이해할 수가 없다.

　시연이게도 나름의 사정이 있었다. 학교 부적응으로 교육청 위탁학교로 등교할 때였다. 그곳에서 시연이는 선생님들과도 잘 지냈고, 프로그램도 문화센터 수업처럼 흥미로워서 적응도 잘 했다. 아침에 일어나 등교하고 하루 일과를 보낸 후 하교하기까지 지각과 조퇴도 없이 규칙적인 생활을 했다. 그것만으로도 감사한데 가장 바르고 성실한 모범생이었다. 위탁학교로 보낸 나의 결정은 역시 탁월했다며 뿌듯해하고 있었다. 적어도 여름 방학이 다가오기 전까지는.

　여름 방학을 앞두고 위탁학교로 또래 한 명이 더 들어왔다. 새로 온 아이는 오자마자 시연이의 트라우마를 건드렸다. 시연이에게는 친구를 빼앗긴 일, 따돌림을 당한 일이 시간이 지나도 아물지 않은 상처였다. 그런데 새로 온 아이가 시연이의 친구를 빼앗고 시연이를 따돌리기 시작한 것이다. 그 아이는 만만한 상대가 아니었다. 소위 노는 아이들 사이에서도 제법 영향력 있는 아이였다. 시연이 말을 빌리자면, 그 친구가 화가 나서 주변에 도움을 청하면 30분 안에 오토바이 탄 아이들이 한 스무 명쯤은 모여올 거라고 했다. 그래서 자기가 상대하기엔 너무 힘든 아이라며 힘들게 토로했다. 선생님과 상담도 해보았지만 결국 시연이는 도망가듯 본교로 가겠다고 했다. 곤란한 상황이 생길 때마다 회피하는 방법이 좋아보이진 않았지만 아이의 선택이라 존중해 주었다. 본교로 돌아가기 전, 시연이는 친구가 4천 명이나 되는 페이스북 계정을 하루 아침에 닫아버렸다. 시연이의 마음가짐이 달라졌구나 싶어서 다행스러웠다. 그런데 여름방학 내내 아이가 짜증을 내며 침울해했다. 학교에 가면 1학년 때 친구들도 있고, 다니던 학교라 낯설지도 않을 텐데 왜 그렇게 불안해 하는지 이유를 몰랐다. 그러면서 자퇴와 자취 얘기를 본격적으로 하기 시작했다. 이참에 아예 다른 동네로 전학 가서 중학교를 졸업하고 싶다고. 우리 부부는 쉽게 허락해 줄 수가 없었다. 하루는 시연이가 너무 답답했는지 나를 붙잡고 하소연을 했다. 그제서야 아이 속마음을 알 수 있었다.

"엄마, 내 SNS 계정에 팔로워 수가 많아. 그래서 사실 애들이 나한테 함부로 못한 것도 있거든. 그런데 내가 내 손으로 그걸 다 없앴잖아? 솔직히 팔로워 4천 명 포기하는 게 쉽진 않았어. 막상 그러고 나니까 갑자기 우리 학교의 그 찐따 같은 애들도 나를 무시할 것 같고, 아직 학교도 안 갔는데 벌써 겁이 나. 내가 꼭 껍데기 없는 달팽이 같아. 나를 보호해 줄 방패막이 하나도 없는 것처럼."

시연이는 아이들 세계에서 자신을 지켜줄 방패로 SNS 팔로워 수를 집착하며 늘려왔다. 그 중엔 부담스러운 아이들도 많았다. 한 다리 걸러 더 센 아이, 또 더 센 아이. '위험회피도'가 높은 시연이는 겁이 많아서 어느 순간 그런 연결이 감당하기 어려울 만큼 부담스럽고 불편해졌다. 관계에 회의감도 들고 두렵기도 해서 큰 맘 먹고 계정을 지웠는데 막상 현실적 두려움이 올라온 것이다. 그래서 아이는 자퇴를 하거나, 자퇴가 안 된다면 집에서 먼 동네로 가서 자취하며 학업을 마치고 싶었던 것이다. 시연이가 어렵게 속마음을 털어놓았다. 부모라고 아이의 속사정을 다 알 수는 없다. 몰라서 그간 서로 얼마나 많은 갈등을 키우고 마음을 다쳤는가 말이다. 아이 마음을 알고 나니 무조건 안 된다고 하고 싶지 않았다. 그래서 교육청 홈페이지의 모든 위탁학교에 상담 전화를 돌렸다. 그러나 시연이를 받아줄 수 있는 곳은 없었다. 위탁학교마다 사정이 있었다. 체육 특기 중심, 예체능, 다문화 중심, 중학교 1학년들만 5명이 있어서 적응이 어려울 수 있다는 등의 이유였다. 이번엔 일반학교로 전학 간다는 전제로 시연이가 자취하게 될 경우 우리 집에 발생하는 경제적 문제, 자취방의 생활편의 수준, 월세 등 구체적으로 알아봤다. 그러자 시연이도 정말 자취를 시켜주려나 기대하는 눈치였다. 하지만 현실적으로 모든 상황이 그렇게 간단하지 않았다. 아이도 수긍이 됐는지 '자취하고 싶다'는 말을 더는 꺼내지 않았다. 2학기가 되자 시연이는 졸업까지 얼마 안 남았으니 그냥 참고 졸업을 하는 게 낫겠다고 말했다. 달팽이처럼 느

리고도 느린 속도지만 아이는 조금씩 나아가고 있었
다.

너의 수업 시간표 VS 인생 시간표

시연이가 무사히 중학교 3년, 의무교육을 마치자 나는 인생의 큰 짐 하나를 덜어 놓은 기분이었다. 중학교 졸업장 하나 따는 게 세상에서 이렇게 힘든 일이었던가? 감격에 이어 나에겐 또 하나 꿈꾸던 일이 이루어졌다. 시연이가 고등학교에 입학을 한 것이다. 친구 따라 일반고로 가겠다던 시연이를 남편과 내가 함께 설득해서 특성화 고등학교로 가게 했다. 입학을 앞두고 시연이는 엄청난 스트레스에 시달렸다. 바로 작은 키 때문에 고등학교에서도 중학교 때처럼 놀림과 혐오의 말을 듣게 될까 봐 겁이 났던 것이다. 시연이가 언젠가 이런 말을 한 적이 있다. 자기는 외모 비하 공격을 막아내기 위해 늘 두 귀를 막을 마음의 귀마개가 필요했었다고. 그런데 막상 입학 당일 시연이는 입이 귀에 걸려서 돌아왔다. 아무도 그런 말을 하는 사람이 없었던 것이다. 여자 담임선생님은 우리 아이를 인형같이 예쁘다며 첫날부터 칭찬을 차고 넘치도록 해주셨다. 시연이는 담임선생님에 대한 애정과 충성심이 철철 넘쳐서 왔다. 같은 반에는 남자아이들이 월등히 많았는데 키 작은 시연이에게 아이돌처럼 예쁘고 귀엽다며 관심을 보이고 먼저 다가와 주었다고 좋아했다.

그동안 학교 정문 앞에만 가면 한껏 위축이 되고 교문 문턱 넘기를 그토록 힘들어했던 아이였다. 그랬던 아이가 고등학교 입학 후엔 새벽 5시 30분이면 알람 소리에 벌떡 일어났다. 날마다 꾸민 듯 안 꾸민 듯 일명 '꾸안꾸' 메이크업을 하고 아침 7시면 "다녀오겠습니다!"를 외쳤다.

'세상에! 오래 살고 볼 일이네.' 사춘기를 건너오며

내가 안 죽고 살아남은 이유가 이런 모습을 보려고 그랬던가 싶었다.

초등학교 3, 4학년 때부터 중학교를 졸업할 때까지 시연이에게는 학교에 대한 좋은 기억이 별로 없었다. 나는 그게 너무 가슴이 아프고 슬펐는데 이토록 학교를 신바람 나게 다니니까 얼마나 감사했는지. 시연이는 힘든 학교생활 중에 그래도 담임선생님 복은 있었다. 감사하게 이번에도 그랬다. 담임선생님의 애정과 지지, 격려는 아이가 그동안 느꼈던 결핍을 한꺼번에 고농축으로 채울 수 있었다. 사춘기 아이들에게 믿어주는 단 사람, 멘토. 신뢰를 기반으로 한 지지가 이토록 큰 힘을 발휘할 수 있음을 나는 똑똑히 지켜봤다.

하지만 3, 4월 적응기를 갖고 신바람 나게 학교를 다니던 아이는 여름방학을 전후로 또 다시 고비를 맞았다. 학교가 더는 신나지 않고 새로울 것도 흥미도 없었다. 학교라는 틀과 규칙만 더 답답하게 다가올 뿐. 여기에 믿었던 친구들에게 크게 상처받는 일이 생기면서 시연이의 아픈 상처가 또다시 터지고 말았다. 시연이는 더 이상 친구에 대한 기대감이 없어졌다고 했다. 그 무렵 떨기 시작한 건 바로 나였다. 내가 가장 두려운 말을 듣게 될까 봐 겁이 났다. 그런 우려는 머지 않아 현실이 됐다. 자퇴 그리고 학교 밖의 아이. 바로 우리 아이의 처지가 그랬다. 그동안 우리 가족이 함께 아파하면서 모든 것을 쏟아부으며 채워 온 학교의 수업 시간표는 여기까지인 듯 했다. 아이의 자퇴는 시연이보다 우리 부부에게 너무 아프고 힘들었다. 아무리 생각하지 않으려 해도 양육자로서 우린 자식 교육만큼은 실패자, 낙오자, 패배자 같았다. 남편의 절망과 좌절을 지켜보는 것 또한 나에게는 시연이의 자퇴 못지않게 아프고 힘들었다. 그래도 남편이 큰 맘을 먹어줬다.

"그래, 네가 그렇게 힘들어서 그런 선택을 했다면 아빠도 너의 자퇴를 실패나 패배로 생각하지 않을게. 대신 열심히 검정고시 준비해서 아빠 자존심도 좀 세워 주고 어깨에 힘 좀 들어가게 해 줘라."

그나마 아이 마음의 무게를 좀 덜어줄 수 있을 것 같아서 남편한테 고마웠다.

"그래, 우리 세상 사람들이 모두 원하고 기대하는

그런 거 다 내려놓고 그냥 아이 하나만 봅시다. 시연이와의 관계 하나, 그것만 보자고. 끝까지 부모가 포기하지 않으면 애들은 다 잘 된대. 시연이는 자기가 마음먹은 일은 몰입하고 잘 해내는 아이잖아. 그런 힘이 있는 아이란 걸 알잖아."

남편에게 한 말은 나 자신에 대한 다짐이기도 했다.

'시연이의 수업 시간표는 여기까지다. 하지만 인생 시간표는 지금 잠시 쉬는 시간일 뿐이다.'

하지만 모를 일이다. 부모인 우리 눈에는 쉬는 시간이지만, 아이에게는 자기 인생 시간표에서 가장 치열했던 시간으로 기억될지도.

4장

자식이 부모를 키운다

"장애물이 행동을 추동한다.

길을 가로막는 장애물이 길이 된다."

– 마르쿠스 아우렐리우스 『명상록』

다정한 아빠가 필요한 아이

남편은 최근 거실에서 잠을 자기 시작했다. TV를 보다가 잠이 들기도 하고, 잠이 깨면 일어나 TV를 켜기도 한다. 여름을 나면서 답답한 방보다는 거실 에어컨을 켜고 시연이와 강아지까지 온 식구가 거실에 널브러져 자기도 했다. 그런데 계절이 바뀌어도 남편은 거실 생활을 청산하지 못했다. 이젠 답답하다며 자꾸 거실을 고집한다.

남편이 거실에서 잘 때, 시연이가 한번씩 아빠 곁에 누워있을 때가 있다. 밤이면 잠을 못자던 아이가 이방

저방 왔다 갔다 하다가 어느새 아빠 곁에 누워 있었다. 잠들지 못하고 서성이다가 그래도 아빠라고 그 곁을 파고든 걸 보면 안쓰러웠다.

시연이는 아빠의 코고는 소리, 느리고 깊은 호흡, 그 리듬을 따라 숨을 고르며 잠을 청했을 것이다. 아침에 보면 시연이는 항상 아빠를 향해서 옆으로 자고 있었다. 어떤 때는 머리를 제 아빠의 겨드랑이에 들이밀고 자기도 했다. 마치 어미 품을 파고드는 어린 강아지 같았다. 그 모습을 지그시 바라보다 문득 정채봉 시인의 시가 떠올랐다. 시인이 운주사 와불 옆에서 썼다는 〈엄마〉라는 시인데 시연이를 통해 그 마음이 느껴졌다. 운주사 와불의 팔을 베고 겨드랑이에 누워 한참을 하늘만 바라본 시인의 입에서 가느다랗게 새어 나왔을 그 말, '엄마.'

그 마음이 지금 우리 시연이 마음이었을까? 종종 시연이가 나한테 했던 말이 떠올랐다.

"엄마, 나는 자상한 아빠가 필요해."

남편은 자신이 꽉 막힌 사람도 아니고, 해달라고 하는 거 웬만하면 다 맞춰주고, 나름 잘 해주는 아빠라고 자부한다. 하지만 아이 입장에선 그렇지 않았다. 시연이는 아빠가 있어도 아빠에 대한 그리움이 언제나 갈급한 아이였다. 물론 시연이도 아빠를 좋아한다. 그럼에도 아이의 가슴 속 결핍이 채워지지 않았던 건 아빠에게 있는 보이지 않는 벽과 거리 때문이었다.

'기본만 잘 하면!'

'하지 말라는 것 안하고, 하라는 것만 좀 하면!'

'마음에 들도록 좀 하면!'

아빠 입장에선 별거 아닌 것 같지만 아빠가 내세우는 조건적 사랑이 아이는 언제나 벽으로 느껴졌을 것이다. 조건 없이 온전한 사랑. 엄마와는 다른 든든한 사랑! 그래서 전적으로 내 편이 되어 주기를 바랐을 것이다. 엄마한테 혼날 일이 있어도 나를 감싸주는 아빠, 설령 내가 잘못을 해도 내 얘기부터 들어주는 아빠, 남친이 없어도 남 부럽지않게 데이트 할 수 있는 아빠, 잔소리 많은 엄마 대신 같이 쇼핑하고 싶은 아빠, 썸남 생겼을 때 남자의 심리를 마음 편히 물어볼 수 있는 아빠. 시연이는 그렇게 자상하고 다가가기 편안한 아빠가 쭉 그리웠던 것이다.

하지만 시연이의 마음과 달리 아빠의 입장은 늘 한 결같았다.

'아빠는 어릴 적 환경이 안 좋았어도 이만큼 했어.'

'사람이 다 가질 수는 없는 거야. 네가 조금만 더 마음에 들게 해주면….'

먼저 벽을 치며 거리를 두는 아빠의 말 앞에서 시연이는 늘 주눅이 들었다. 아무리 노력해도 닿을 수 없는 거리감만 느껴질 뿐, 아빠는 가까이 있어도 시연이에게 너무 먼 사람이었다.

나는 남편의 마음도 시연이의 마음도 충분히 이해할 수 있었다. 서로가 더 다가가지 못하는 모습이 안타까웠다. 그래서였을까? 아이가 아빠 곁을 파고들며 잠든 모습이 애처로우면서도 둘이 함께 누워있는 모습이 보기 좋았다. 남편이 어린 시연이를 끼고자던 때가 문득 생각나면서.

아이에겐 유년에 채워졌어야 할 아빠 사랑이 커다란 결핍의 구멍으로 남아있는 것 같다. 그때 채워주지 못한 것을 아빠가 이제라도 먼저, 조건 없이 채워주면 얼마나 좋을까. 아빠에겐 지금의 시연이가 마냥 예쁘기만 하지는 않을 것이다. 그럼에도 아빠의 자식 사랑이 먼저다. 조건 없이 베푸는 자식 사랑.

하물며 '내리사랑'이라고 하지 않던가.

부모가 A라고
자식이 A-1이 아니다

"당신은 애가 왜 그렇게 못마땅해?"

"하는 짓이 그렇잖아. 도대체 하라는 건 안 하고!"

"자기가 알아서 한다잖아."

"알아서 하긴 뭘 해. 남들처럼 고등학교 다니는 게 그렇게 힘든 건가? 학교도 안 가면 검정고시라도 보게 준비해야지. 뭐가 우선인지 몰라?"

"올해 8월 검정고시는 안 보고 먼저 아르바이트로 일하면서 경험해 보고 싶다잖아. 몇 달 해보면서 진로도 생각하고 목표가 생겨야 시연이도 내년 4월 검정고시에 대한 동기부여가 되지. 도대체 주체가 누구냐 고!"

"물론, 애가 주체이긴 하지. 그래도 부모가 좀 하라는 대로 그 기대에 조금 맞춰주는 것도 필요하지. 그게 그렇게 어렵나?"

한번씩 남편과의 대화는 성토의 장이 되어 언성이 높아지곤 한다. 이런 대화 끝엔 아이만이 아니라 나까지 서운하고 서러운 감정이 올라온다. '누구의 누구에 의한 누구를 위한' 것인가 말이다. 지금은 시연이의 기준과 눈높이에 대한 배려가 필요하다. 아이가 가고자 하는 길이 사회적으로 도덕적으로 나쁜 길이 아니라면 지지와 격려, 응원이 필요한 시기다.

아이의 기질과 특성상 똥인지 된장인지 자기가 꼭 먹어봐야 하는 걸 남편은 왜 아직도 모르는지. 게다가 시연이는 이미 또래 아이들과는 경험치가 다르다. 다른 아이들이 당장 모의고사 성적과 대학 입시를 고민하고 있을 때 시연이는 지금, 사회생활에 뛰어들고 싶어 안달이 나 있다. 아이는 그 속에 들어가서 직접 부딪치며 자신이 무엇을 좋아하고, 어떤 일을 잘 할 수 있는지, 무엇이 필요한지 찾기를 원한다.

물론 더 험난하고 힘들 게 분명하다. 자기가 스스로 길을 내어 가겠다니 당연히 힘들겠지. 그렇다고 이제 와서 제 발로 나온 학교에 강제로 들여보낼 수도 없는 일이다. 학교란 틀 안에 있는 것이 힘들어서 구원해 달라며 나온 아이다. 다른 방식으로 살아보겠다고 선언한 아이다. 이제는 시연이의 선택을 존중해 줘야 한다고 생각한다.

시연이가 어떤 아이인지를 빨리 알아차리고, 아이의 모습이 우리가 원하고 기대했던 모습이 아니라서 죽도록 싫어도 수용해 줄 수밖에 없다.

'그렇다면 OK! 뭘 도와주면 될까? 잘 할 수 있을 거야.'

사실 나도 머리로는 알고 있지만 쉽지는 않다.

시연이와 우리 부부는 물리적 나이로 30년 넘게 차이가 난다. 30여 년의 사회, 경제, 문화적 세대 차이를 결코 무시할 수 없다. 갈등이 생길 때마다 일단 참고 넘어가는 방식은 좋은 해결책이 아니다. 참고 넘어가다가는 나중에 한꺼번에 폭발하게 된다. 그리고 그때는 이미 무엇이 문제인지, 왜 이토록 힘든 것인지 진짜 이유를 모르게 된다.

부모가 A라고 아이가 A-1이 될 수는 없다. 아이는 B부터 Z까지 얼마든지 내 기대와 다른 모습으로 살아갈 수 있다. 죽도록 괴로워도 다를 수도 있음을 받아들여야 한다. 지나고 나서야 비로소 알게 된다. 아무짝에도 소용없는 고집과 기싸움으로 시간만 낭비했다는 것을. 사춘기 앓이로 우리처럼 힘든 집이 있다면 이제라도 꼭 되돌아봐야 한다.

정신과 의사이자 작가로 지금은 심학원을 운영하며 통합적 심리치유를 연구하는 문요한 원장은 말한다.

"고통의 본질은 기대와 현실과의 차이에서 비롯된다. 인간관계에 있어 고통이란 상대가 내 기대대로 존재하지 않을 때 생겨난다."

『나는 왜 나를 함부로 대할까』 문요한

나도 내 기대대로 존재하지 않는 자식 때문에 고통스럽다. 하지만 내 고통의 진정한 원인이 자식 뒤에 무엇으로 숨어 있는지도 찾아봐야 한다. 아이는 몇 년 안에 어른이 되고 자기 삶을 살아갈 것이다. 그것이 부모가 원하는 삶이든 아니든. 나는 시연이가 내가 원하는 A-1이길 바라지 않는다. 다만

'네 인생의 주인공은 너야! 부디 멋지게 네 삶을 살아라!'

이 말은 꼭 해주고 싶다.

부모의 불안,
스스로 다룰 수 있어야 한다

시연이가 중학교 3학년 겨울방학이었다. 시연이의 늦은 귀가에 예민해질 대로 예민해진 남편이 베란다를 왔다 갔다 하더니 이제야 마음이 좀 놓인다는 듯 말했다.

"우리 딸 지금 들어오네. 지훈이랑 1층 화단 앞으로 걸어오는구만."

약속한 귀가 시간 밤 10시에 정확히 맞춰 들어오는 모양이었다. 우리 부부는 바짝 긴장했다가 그제야 소파에 기대 앉았다. 그런데 5분이 지나고 10분이 훌쩍

지났는데 시연이가 들어오지 않았다. 30분이 지나도 아이는 감감무소식이었다.

"당신이 나가 봐. 이것들이!"

"1층 화단쪽으로 걸어오는 거 봤다며?"

"그래. 그런데 안 들어오고 있잖아. 내 기분이 왜 이렇게 짜증나는지 알아?"

"알지!"

날카로운 목소리로 내가 쏘아붙였다. 남편이 급발진 할 빌미라도 잡은 것처럼 보여서 나도 덩달아 예민해졌기 때문이다.

"내 기분이 왜 이런 것 같아?"

"우리가 그랬잖아! 어? 당신이랑 연애할 때 집에 들어가기 전에 맨날 아파트 복도 비상구 쪽에서 뽀뽀하고 그랬잖아. 자기가 무슨 상상을 하는지 나도 안다고!"

"아, 그러니까 빨리 나가 보라고!"

불안으로 신경이 예민해지자 서로 언성도 높아졌다. 그때 '띠띠 띠띠띠띠' 하는 소리가 들리더니 아이가 들어왔다. 남편은 기다렸다는 듯이 시비조로 물었다.

"너 왜 이제 들어와? 아빠가 보니까 아까 여기 밑으로 오던데. 30분 넘도록 뭐 하다 이제 와?"

"어? 나 지금 혼자 막 뛰어 들어왔는데? 버스에서 내리자마자 늦어가지고 혼자 막 뛰어온 건데?"

남편은 아까 4층 베란다에서 1층 아래 화단 쪽을 내려다보면서 두 사람이 걸어오는 걸 확인했다. 하얀색 숏 패딩을 입은 키 작은 여자와 검은 롱 패딩을 입고 후드 모자를 쓴 키 큰 남자였다. 남편은 그 둘을 시연이와 남친이라고 믿었다. 다른 사람일 거라고는 생각지도 못하고 너무도 당연하게. 따지고 보면 아파트 우리 라인만 해도 내가 아는 시연이 또래가 적어도 5명은 된다. 아니, 키 작은 숏 패딩은 다 우리 딸이고 시커먼 후드 롱 패딩은 다 시연이 남친인가? 엄마와 아들일 수도 있고, 다른 집 딸과 남친일 수도 있고, 신혼부부일 수도 있다. 딸의 귀가를 바라던 남편의 바람과 불안이 그들을 딸과 남친으로 믿게 만든 것이다. 우리 남편만 별나서 그런 건 아니다. 나도 얼마 전에 멀찍이 보이는 또래 남녀 커플을 보고 우리 딸인가 싶어서 걸음을 멈추고 한참을 지켜봤다. 가까이 사는 동생도 우리 부부와 비슷한 경험을 했다고 한다. 집 근처에서 조카 녀석을 보고 '아니 저 녀석이 학원에 안 가고 왜 저길 돌아다니나?' 싶어서 두 블록 거리를 뒤쫓아갔는데 생판 모르는 남이었다고 했다.

불안이 올라오기 시작하면 그때부터는 불안이 상상을 키운다. 걷잡을 수 없이 부정적인 생각들이 머릿속을 파고든다. 이런 불안은 하나의 생각에 미친 듯이 집착하게 만든다. 지나고 보면 그런 불안의 대부분은 허상이거나 불필요한 에너지 소모에 불과했다.

그럼에도 어느 부모든 자식에 대해서는 기본적으로 불안이 높을 수밖에 없다. 객관적, 이성적이기가 참 힘들다. 그걸 적절히 조절하지 않으면 혼자 키운 불안은 집착과 분노가 된다. 부모의 통제가 더 심해지고 결국은 아이와 갈등만 깊어진다. 아이를 이해해주기보다는 원칙과 약속을 내세워 전후 사정을 불문하고 통제하기 바쁘다.

실체도 없는 불안에 압도 당하는 기분이 자주 들었던 나는 정신과 의사 문요한의 '자기 돌봄 클럽'이란 모임을 통해 많은 도움을 받았다. 불안이 올라올 때마다 '자기 친절의 만트라(*만트라(mantra): 산스크리트어에서 유래, 사람의 마음을 보호한다는 의미로 타자에 대한 축복, 또는 깨달음의 지혜를 얻기 위해 외우는 신비적인 위력을 가진 언사를 의미함)'를 되뇌이며 출렁이는 불안을 다스리려고 노력했다.

1. 내가 불안이 너울거릴 때에도 고요의 순간을 붙잡을 수 있기를!

2. 내가 불안이 올라오더라도 '괜찮음'을 알 수 있기를!

3. 내가 작아지고 숨고 싶은 순간에도 이제까지 '나의 진가'를 잊지 않기를!

4. 내가 답답하고 막막한 순간에도 지금까지 잘 해왔듯 '앞으로도 잘 해나갈 수 있음을' 알아주기를!

5. 내가 처지고 가라앉을 때에도 '내 안의 힘'을 믿어주기를!

내가 노력해서 잠재울 수 있는 불안이라면 열심히

노력해야 할 일이다. 그런데 내가 어찌할 수 없는 일이라면 불필요하게 에너지를 쓸 필요가 없다. 그래봐야 그 끝은 또 '나는 왜 이 모양일까!' 자기 비난일 테니까. 그렇다고 불안을 아예 없애고 살 수도 없다. 다만 불안해서 아이를 어찌하지 못해 안달하기보다 나부터 내 불안은 스스로 다룰 수 있어야 한다. 내 아이를 지키기 위해서라도.

자퇴의 후폭풍,
피해갈 수 없는 숙성의 시간

남편한테 아이 자퇴에 대한 동의를 얻는 게 무척 부담스러웠다. 입도 떨어지질 않았다. 남편의 충격과 감정의 소용돌이를 마주할 일이 두려웠다. 그런데 의외로 남편이 순순히 수긍을 했다.

"그래. 너의 자퇴를 아빠가 실패라고 생각하지 않을게!"

내 남편이 이렇게 통 크고 멋진 사람이었나 싶었다. 그런데 한 이틀이 지났을까? 그제야 아이들 말로 남편에게 '현타(현실 자각 타임)'가 왔다. 남편은 속상한 마음에 술을 한 잔 마시고는 참았던 분노를 쏟아냈다. 안 그래도 남편이 너무 쉽게 받아들인다 싶었다. 남편은 그동안 억누르고 참았던 것을 모두 끌어다가 폭발하듯 분노와 원망을 토해냈다. 남편의 심정을 충분히 이해하는 나는 그 모습이 분노가 아니라 서러움의 폭발 같았다.

그저 평범한 일상, 자식 키우는 보통의 행복, 남들 다 가는 학교. 그런 평범한 바람조차 자기한테는 왜 허락되지 않는지 그것에 대한 분노이자 상실에 대한 서러운 통곡이었다.

다음 날 아침, 남편은 온몸에 숙취가 덕지덕지 묻은 채 아이 방으로 들어갔다. 아침부터 무슨 사달이 날까 싶어서 뒤따라갔다가 내가 뭘 잘못 본 줄 알았다. 자고 있는 시연이의 얼굴을 쓰다듬고 부비더니

"에휴, 우리 딸. 그렇게 힘들면 할 수 없지. 우리 딸이 학교도 애들도 너무 힘들다니까 아빠가 마음이 아프네."

어제 밤에 못다 푼 화가 눈뜨자마자 좀비처럼 되살아나 당장에라도 자는 아이를 일으켜 앉힐 줄 알았는

데 정말 뜻밖이었다.

아픈 시간을 지나오며 남편도 많이 변해갔다. 열 번 중에 한 번을 공감하고 아홉 번은 화를 내던 남편이었다. 그런데 지금은 반은 공감하고, 세 번은 참고, 두 번은 칭찬하며 응원해 주는 아빠가 됐다. 우리 집에서 일어난 가장 큰 변화이자 작은 기적이었다. 아이는 시간의 힘을 믿어볼 수 있지만, 남편은 죽어도 달라질 것 같지 않았기 때문이다. 이제는 남편이 정말 아버지가 되어가고 있구나 싶었다.

남편은 예전부터 아이에 대한 기대가 나보다 훨씬 컸다. 자수성가 증후군이 있는 남편은 자존심이 세고, 완벽주의, 성취주의가 강해서 누구보다 자기 틀을 허물기가 힘든 사람이다. 그런데 자식 앞에서는 별수가 없었나 보다. 남편이 안쓰러웠다. 우리 부부의 태세 전환이 빨랐다면 우리는 지금보다 빨리 이 암울한 터널을 빠져나올 수 있었을까? 후회해 본들 이제 와 무슨 소용이 있을까.

격렬한 사춘기 앓이에 들어간 지 이제 만 3년이 지

났다. 상담 선생님은 올해 우리 아이는 분명 지난해와는 다른 아이라고 했다. 또 남들은 '그만하면 다 끝났다'라고 말하기도 한다.

하지만 하루 24시간을 함께 보내는 부모 입장에서는 그 마무리가 그리 쉽지만은 않다. 임신해서 출산을 기다리는 열 달 중에 막달, 앞에 아홉 달보다 마지막 한 달이 더 힘들었던 것처럼 부모에게도 뒷심이 떨어져서 그런 것 같다. 시연이의 외적 방황이 언젠가부터 내적 방황으로 바뀌었다. 아이가 속으로 벌이는 전쟁이 부모 눈에는 퇴행으로 비춰지기도 한다. 본인이 원했던 자퇴를 허락해 주었다고 해서 바로 평화가 찾아오지도 않았다. 자퇴 후 시연이가 무질서하게 보낸 한 달 반의 시간이 우리에겐 1년 6개월만큼 길게 느껴졌으니까. 검정고시 일정도 우리 부부에겐 '몇 달만 있으면 곧'이지만 아이에겐 '아직 멀었잖아'였다. 부모의 시간과 아이의 시간이 달랐다. 시연이는 날뛰는 망아지의 시간과 쥐죽은 듯 고요한 무기력의 시간을 반복하며 자기만의 시간을 채워갔다.

언젠가 시연이가 제빵에 빠져서 빵 반죽을 할 때가

있었다. 한참 밀가루를 섞어 치대고 하더니 반죽 통을 랩으로 씌워 냉장고에 넣으면서 말했다.

"이제 숙성시켜야지. 빨리 먹고 싶어도 이렇게 기다려야 돼."

그 '숙성의 시간'이 이제 우리에게 찾아온 것 같다. 시연이에게는 자기 선택에 대해 책임지기 위한 숙성의 시간이, 우리 부부에게는 자식을 오롯이 수용하기 위한 숙성의 시간이.

지금은 바라봐 주고
응원해 줄 때

　자퇴 후 한동안은 조용히 지내던 시연이가 새로운
선언을 했다. 아르바이트도 아니고 취업을 하겠다는
것이다. 매일 출근하는 콜센터 일을 알아본 아이는 면
접을 보러 갈지도 모른다고 했다. 그러더니 이번엔 자
기 인감증명서를 발급받을 수 있게 도와달라고 했다.
본인이 마음먹은 일은 일사천리다. 그동안 내가 알아
봐 준 단기 아르바이트는 전부 마다하더니 갑자기 왜
그런 생각이 들었냐고 물었다.

　"엄마, 나는 ESFP. 외향 중에서도 극 외향이잖아?

그동안 엄마가 알아봐 준 알바는 전부 혼자 하는 거잖아. 나는 사람들과 같이 하는 게 신나고 좋다니까!"

또 한 번 내 기준으로만 생각했구나. 그토록 내 아이에 대해 알아보겠다고 백방으로 물어보고 찾아보고 다녔건만 등잔 밑이 어두웠다. 그래도 미성년자에 아직 검정고시 합격도 하지 않은 고등학교 1학년 자퇴생을 어디서 누가 써 줄까 싶었다. 하지만 시연이는 강단 있고 용감했다.

"지원서에 보니까 미성년이시고 그래서 제가 좀 알아봐야 할 것 같은데요"라며 에둘러 거절을 표현하는 인사 담당자의 말을 시연이는 알아듣지 못했다.

"그럼, 언제까지 알아봐 주실 수 있으세요?"

"혹시, 알아보신다고 한 거 어떻게 되셨어요? 가능한가요?"

한번 입 밖으로 내뱉으면 닦달하듯 볶아대는 성향이 어디 가질 않았다. 당돌한 건지 집요한 건지. 결국 담당자가 면접 날 아이를 불렀다. 시연이는 "아, 쫄려!" 하면서도 옷매무새를 다듬으며 집을 나섰다. 그런 아이의 뒷모습을 보며 생각했다.

'무식해서 용감한 거냐? 경험이 없어서 용감한 거냐? 어쨌든 넌 나보단 낫다!'

면접 결과는 당연히 불합격일 줄 알았는데 당황스럽게도 회사에서 당장 주말 지나고 월요일부터 출근하라고 했다. 아이는 합격 소식에 기뻐했다. 하지만 나는 합격 소식보다 남편의 반응에 더 신경이 쓰였다.

'지금 그런 거 할 때냐. 검정고시 학원을 알아봐야 할 때지. 애나 엄마나 왜 정신을 못 차리냐'는 남편의 말이 벌써 들리는 것 같았다. 아니나 다를까 남편은 예상대로였다.

"도대체 하라는 건 안 하고 엉뚱한 짓만 하고 있네. 순서가 잘못된 거 아닌가? 검정고시가 먼저지 저러고 있을 때야? 엄마란 사람이 애랑 똑같이 그러면 어떻게 하나?"

이제 이런 문제로 싸우는 것도 지쳤다. 아이는 그 와중에 '당장 축하는 못 해줄망정 분위기가 왜 이러냐'며 서운하다고 난리였다. 자기중심성이 강한 시기라 어쩔 수가 없다지만 이럴 때마다 나만 중간에서 죽어나는 기분이다.

월요일이 되자 남편과 딸이 동시에 출근 준비를 했다. 시연이가 프리랜서로 취업하겠다고 한 회사는 바로 아파트 후문 앞에 있었다. 기업금융상품 마케팅 회사에서 아웃바운드 텔레마케터로 일할 프리랜서를 모집했는데 거기에 지원했던 것이다. 첫날은 교육을 받고 이틀째부터 하루 종일 수백 번의 전화를 걸어서 영업 실적을 올려야 했다. 그래야 월급 대신 인센티브를 받을 수 있었다.

자기 기준이 높고 인정욕구가 강한 시연이는 이틀째부터 한두 건씩 실적을 냈다.

"엄마, 드디어 오늘 콜 한 개 성공!"

낮에 들뜬 목소리로 전화를 했던 아이는 저녁에 퇴근하면서 목소리에 힘이 더 들어가 있었다.

"김 대리 퇴근합니다. 김 전무님은 아직 퇴근 안하셨나요?"

"뭐래? 아빤 아직이지. 근데 뭔 대리?"

"저 오늘부터 대리 달았습니다."

"뭔 회사가 이틀날부터 대리를 달아 줘?"

"영업해야 하니까 일단 대리야. 30대는 과장, 40대는 부장도 달아주는데 월급이랑은 상관이 없어. 아무튼 김 대리 지금 들어갑니다."

나흘째 되는 날엔 운도 따랐던 것 같았다.

"엄마, 나 오늘 콜 4개나 잡았어. 대박!"

사무실에서도 시연이를 작고 어려도 '제법이다, 기특하다'고 생각할 것 같았다. 나는 일단 아이가 늦잠 자며 시간을 허비하지 않고 뭐라도 하는 게 반가웠다.

"엄마, 나 그냥 오늘부터 집에 와서 점심 먹으면 안 돼?"

"왜? 사람들이 불편해? 식비는 따로 나온다며?"

"아니, 그게 아니라 오늘도 설렁탕을 먹는데 그것만 해도 벌써 만 원이야. 엄마가 나 때문에 힘들면 그냥 내가 라면 끓여 먹고 갈게."

실적이 없으면 보수를 못 받을 수도 있다. 시연이는 전화기를 붙들고 백 번도 넘게 거절당하고 입에서 단내가 나도록 상대를 설득해 가며 녹록지 않은 밥벌이를 경험하고 있었다. 그러니 이제 밖에서 사 먹는 밥값에도 손이 떨렸던 것이다.

시연이는 사무실로 출근하면 자기만의 책상과 자

리가 있고 학교 급식 대신 직장인들의 점심시간을 누리며 동경하던 어른들의 세상을 즐겼다. 그런데 출근 5일 만에 멘탈이 무너지고 말았다. 실적에 쫓기고 쉼 없이 마케팅 전화를 돌리는 게 생각보다 결코 쉽지 않았던 것이다. 야심차게 시작했던 자기만의 첫 직장을 결국 엄마의 도움을 빌려 그만두었다. 일주일간의 영업 실적엔 경험만 남았을 뿐 어떠한 금전적 보상도 없었다.

그 후로도 시연이의 마음속 분탕질은 종류를 달리하며 계속되었다. 하라는 공부는 안하고 웨딩홀에서 예도 아르바이트를 하겠다고 했다. 그것도 주말에 이틀을 나갔다 오더니 구두 속에서 발등이 다 터졌다며 완전히 나가떨어졌다.

부모 눈엔 뻔히 보이는데 왜 저렇게 고생을 사서 하는지, 왜 저렇게 힘들게 돌아가는지 그저 답답하기만 했다. 시연이는 몇 번의 푸닥거리를 더 하고는 마음 안의 분탕질이 하나둘씩 가라앉자 그제야 내게 말했다.

"엄마, 나 수학 과외 선생님 좀 알아봐 주면 안 돼?"

이제 스스로 검정고시 기출문제를 풀어보며 자기 수준을 점검하고 나름 검정고시 고득점을 목표로 책상 앞에 앉아있기도 한다.

사람마다 인생의 시간표가 다 같을 순 없다. 시연이의 인생 시간표가 보통 아이들과 다른들 어쩌겠는가. 죽고 사는 문제가 아닐 바에야 아이의 결대로, 아이의 색깔대로, 아이의 방식대로 가는데 더는 태클을 걸 수 없을 것 같다. 지금은 아이를 바라봐 주고 응원해 줄 때다.

5장

온전히 아이를 품기 위해
나를 돌아봐야 했다

"어른이 되면 그 돌봄의 주체가
점점 자기한테로 옮겨와야 한다.
부모에게서 자기에게로 책임의 이전이
일어나는 것이 바로 발달이다."

- 문요한 『나는 왜 나를 함부로 대할까』

따스한 돌봄이 그립던
유년의 나에게

밭일 나갔던 엄마가 서둘러 가족 저녁 준비를 할 때였어.

"보미야, 빨리 할매 모시고 와라. 저녁 먹구로."

엄마는 정신없이 바빴을지 몰라도 너는 하루 중 그 시간이 제일 마음 편한 시간이었지. 4대가 함께 사는 대가족이었지만 꼭 해 질 녘이 돼야 사람 사는 집 같았잖아.

허리가 90도로 굽은 증조할머니와 뇌졸중 후유증으로 돌아누워 책만 보시던 할아버지, 뿔뿔이 노는 어린 동생들이 있어도 집은 언제나 고요했으니까.

"고마 식사하시라 캐라!"

온 가족의 만찬을 알리는 호출. 분명 그 밥을 숱하게 먹었을 텐데 무엇을 먹었는지는 몰라도 그 시간만큼은 네 기억에 남아있을 거야. 평온하면서도 행복했지. 마당을 밝히는 60와트 전구의 불빛만큼 포근하면서 따스한 기분. 그 느낌을 네 가족에 대한 기억으로 간직하면 좋겠지만 그러기엔 네가 털어내야 할 아픈 기억도 꽤 많이 있을 거야.

유년 시절, 너에겐 불안하고 두려웠던 날들이 있었지. 한 겨울밤, 마당엔 소복하게 쌓인 눈이 달빛을 받아 은빛으로 반짝이고 있었어. 발자국 하나 없이 깨끗하게 눈 덮인 마당에서 어느 순간 할머니, 할아버지가 서로 뒤엉켜 뒹굴고 있었어. 너는 영문도 모른 채 그 모습을 지켜봐야 했지. 왜 어른들이 몸싸움을 하고 큰 소리를 내며 다투는지, 너의 몸도 마음도 세상도 그리고 그 시간조차 모든 것이 얼어버린 듯 멈춰 있었어.

학교에서 가을 운동회를 하는 날, 모든 행사가 끝날 무렵이면 유독 네 아빠만 술에 취해 있었지. 운동회뿐 아니라 동네에 모내기가 있는 날에도 그랬어. 비틀거리는 아빠의 걸음걸이, 흐트러진 자세를 외면하기 바빴지. 학교에서 공부면 공부, 사생대회, 웅변대회까지 언제나 학교를 대표하던 너였어. 동네에서 너를 모르는 사람이 없었는데 네가 얼마나 자존심 상하고 창피하다 못해 수치심을 느꼈을지 나는 그 기분을 너무 잘 알아. 충분히 알고 이해해.

너의 할아버지는 그런 네 아빠한테 함부로 할 때가 많았어. 화를 내며 욕도 하셨어. 그래도 아빠는 한번도 할아버지한테 대드는 모습을 보이지 않았지. 하지만 아빠의 분노가 쌓이고 쌓이면 그 모든 분노를 감당해야 했던 건 너의 엄마였어. 그때마다 무슨 일이라도 곧 일어날 것처럼 너는 거대한 불안과 두려움에 휩싸이곤 했지. 그 순간이 너에겐 공포였어.

네가 할 수 있는 건 증조할머니와 둘이 자는 방에서 혼자 가만히 누워 몇 시간이고 공상에 빠지는 것. 그리고 현실로 돌아오지 않기 위해 최대한 그 공상의 시간 속에 머무르는 것. 그것 뿐이었지.

학교에 다녀오면 너는 가방만 던져놓고 앞집 친구

네로 달려가곤 했어. 시간이 멈춘 듯 무료한 집보다 앞집 친구네는 살아있다는 생동감, 에너지와 온기가 있었으니까. 친구네는 시집갔다 돌아온 고모가 매번 간장 떡볶이를 해주셨어. 먹고 나면 이불장에서 두꺼운 솜이불을 모조리 꺼내 온몸으로 놀아도 욕 한마디 듣고 나면 끝이었지. 고모가 이불을 정리한다고 우릴 쫓아내면 다락방으로 다람쥐처럼 기어 올라갔어. 다락방엔 그 시절 가장 맛있었던 초코파이가 언제나 상자째 있었지. 땅거미가 지면 약속이나 한 듯 학교 운동장에서 아이들과 놀았어. 집 밖은 언제나 흥미로운 시간이었어. 집으로 돌아오기 전까지는.

해가 저물도록 밖에서 놀다 집에 들어오면 어딜 그렇게 쏘다니냐고 혼나기부터 했어. 그래도 괜찮았어. 즐거웠으니까. 그렇게라도 즐거운 시간이 일상을 채우면 다행이었는데 그 일상을 완전히 뒤흔드는 일이 있었지.

어느 날 밤, 엄마가 갑자기 너와 남동생을 아래채로 불렀어. 남동생은 할아버지, 할머니와 안방에서 지냈고 너는 증조할머니와 같은 방을 썼는데 그날따라 엄마가 이상했어. 갑자기 너희 4남매를 엄마 방으로 불렀잖아? 그러면서 오늘은 다 같이 자야 한다고 했어. 엄마와 아빠, 4남매 모두 여섯 명이. 방도 좁은데 이유도 없이 말이야. 그 갑작스러운 명령에 너는 왠지 불길한 기분을 온몸으로 느꼈어. 그 상황을 피하고 싶어서 너는 불편하다며 자던 방으로 간다고 했어. 기억하지? 그때 엄마가 몹시 화를 냈던 거. 할 수 없이 동생들 틈에 누워 자는 척을 했던 너는 엄마의 뒷모습을 보고 알 수 있었어. 엄마는 이 밤이 지나면 속옷까지 알뜰하게 챙겨 담은 저 가방을 들고 집을 나갈 거란걸. 엄마가 더는 이 집에 있지 않겠구나 싶었지. 그런데도 너는 한마디도 물어보지 못했어. 눈치없는 아이처럼 한 번쯤 "엄마, 뭐야? 가방은 왜?"라고 물어볼 줄도 몰랐지. 다음 날 아침이 오자마자 할아버지 방에 걸린 나무십자가 아래서 기도를 했지.

"하느님, 제발 우리 엄마가 떠나지 않게 해주세요."

세상에서 그토록 간절한 기도가 또 있을까? 어린 너의 기도는 세상을 다 건듯 절박했어.

너의 기도를 들어주신 걸까? 다음 날, 도시에 나가

사는 막내 고모한테서 소포가 왔고 거기엔 알록달록한 덧버선이 여러 켤레 있었어. 엄마는 그 선물 때문이었을까? 그땐 이유를 몰랐지만 다행히 너희를 두고 떠나지는 않았어.

지금도 눈을 감으면 멈춰버린 듯한 시간 속에 오도카니 서 있는 네 모습이 보여. 그 시간 속에 혼자였던 네가 안쓰러워. 그렇게 너를 혼자 둬서 미안해. 그 시절의 너는 정말 많은 게 불안정했고, 불안했고, 두려웠지.

하지만 네 기억 속에 어둡고 슬프고 불안하고 두려웠던 일의 대부분은 네 잘못이 아니야. 그저 그 상황 속에 네가 있었을 뿐이지.

잘 생각해 봐. 좋았던 기억도 몇 개쯤은 있잖아? 증조할머니의 서랍장에 칸칸마다 숨겨진 간식 기억나지? 손수건에 싼 곶감이며 과자 같은 거 말이야. 너와 한방을 쓴다고 주전부리로 종종 챙겨주셨던 그 사랑. 어떤 날은 캄캄한 밤길에 혼자 전등을 들고 콜라를 사러 점방에 가기도 했어. 그 캄캄한 길을 걸을 때

훤하게 밝은 달이 너의 발걸음과 같은 속도로 널 따라와 주었지. 그렇게 한밤중에 몰래 사 온 콜라는 아주 달고도 기분 좋게 매웠어. 자다가 밤똥이 마려우면 증조할머니를 깨워서 꼭 같이 변소에 갔었지. 끊임없이 "할매, 거 있어?"를 외치며 말이야. 잠이 안 오는 길고 긴 겨울밤엔 증조할머니랑 둘이 이야기를 주거니 받거니 했지. 그때 너는 증조할머니에게 최고의 이야기꾼이었어. 네가 아는 모든 옛날 이야기는 다 해주었잖아.

누가 볼까 두려웠던 유년의 기억은 이제 훌훌 털어버리렴. 너의 기억과 별개로 그분들은 너를 사랑했고 살아있는 동안 언제나 네가 잘 되기만을 빌어주셨으니까. 아, 놀라지 마. 너는 스물네 살이 되면 네 인생의 첫 번째 꿈인 방송작가로 살게 된단다. 그 촌뜨기가 서울 한복판에서 말이야. 그러니 유년의 좋은 기억만 별처럼 남겨두렴. 그 기억이 너를 더욱 빛나게 해줄 테니까.

마음 기댈 데가 필요했던
10대의 나에게

햇볕에 그을린 까무잡잡한 얼굴, 거추장스럽게 흘러내리지만 않으면 된다는 듯 무심하게 묶은 머리, 중학생이라고는 믿겨지지 않을 만큼 작은 키에 품도 안 맞는 옷차림, 볼품없는 모습은 한 눈에 봐도 촌스러움이 묻어났지. 그래도 공부 하나는 정말 열심히 했어. 나는 네가 왜 그렇게 열심이었는지 알아.

시골에서 살면서 할아버지한테 늘 무시당하고 비난만 받던 아빠, 그런 아빠와 너는 달라야 했으니까. 할아버지한테 너는 아주 똑똑하고 자랑스러운 손녀였지. 할아버지 앞에서 너는 엄마의 기를 살려줄 수 있었어. 층층이 시어른을 모시며 힘겨운 시집살이를 하던 엄마에게 너는 기대이자 희망이었어. 그래서 자식들 공부시킨다는 이유로 시골에서의 시집살이를 벗어날 수 있었지. 하지만 그런 기대가 너에겐 너무 큰 마음의 짐이었을 거야.

서울에 올라와 작은 단칸방이 딸린 구멍가게를 하며 지내던 그 시절. 하교 후엔 있을 곳이 없어서 독서실에서 밤 12시까지 있다 오곤 했잖아. 너에겐 공부를 잘해야 하는 이유와 부담만 있었지. 그저 공부, 공부해야 한다는 강박이 너도 모르게 뼛속까지 박혔지. 시험이 다가오면 중학생 그 어린 나이에 밤새도록 구멍가게 테이블에 앉아 아이스바로 잠을 쫓으며 공부를 했지. 그것도 모자라 약국에서 잠이 안 온다는 약도 구해 먹으며 시험공부를 했어. 그때 너는 도대체 어디서 그런 소릴 듣고 겁도 없이 약을 사 먹으며 잠과 사투를 벌였을까. 쏟아지는 잠을 쫓으며 몽롱한 정신으로도 새벽 세 시를 넘어가는 시계를 보면 조급해졌어. 불안이 너의 책장을 넘기고 있었던 거야. 그 새벽녘, 혼자 불안을 안고 잠과 싸우던 어린 네 곁에 내가 함께 있어 줄게.

그래도 중학교 때는 노력한 만큼의 결과로 부모님을 기쁘게 할 수 있었지. 동생들은 집에서 부모님의 일손을 도와도 너는 공부하러 독서실로 갈 수 있었어. 그런데 언젠가부터 그 독서실이 너에게 공부하는 곳이 아니라 도피처였지. 녹록지 않은 서울살이. 시골에서는 면장집 장남이었는데 서울에 와서는 대학교에서 미화원으로 화장실 청소를 해야 했던 아빠는 자괴감이 들었나 봐. 밖에서 받은 스트레스를 고스란히 엄마와 너희들한테 풀곤 했지. 천둥 같은 고함으로 시작해서 툭하면 4남매를 집합시키고 마음에 안 드는 것을 트집 잡곤 했어. 집안에 물건이 하나라도 제대로 놓여 있지 않거나 위치가 바뀌면 아빠는 누가 범인인지 차례로 한 명씩 시연을 하게 했어. 범인을 색출해 내고야 말겠다는 그 표정. 너의 양육자이자 보호자였지만 세상에서 가장 두려운 존재였지.

그 시절엔 온 식구가 각자 아프고 힘든 시간이었어.

누구를 생각해 줄 겨를도 없이 말이야.

중학교 3학년 때였을까? 너는 새벽 5시 30분이면 일어났어. 구멍가게 셔터 문을 혼자 올리고 나와서 제법 먼 거리의 성당으로 향했지. 새벽 미사를 갔다가 다시 집에 들러서 등교를 했어. 그 어린 나이에 한겨울 캄캄한 새벽바람을 뚫고 너는 어떻게 날마다 새벽 미사를 다닐 수 있었을까? 지금 생각하면 그 불안한 마음을 온전히 기댈 너의 하느님이 있어서 얼마나 다행이었는지.

서울이라는 낯선 환경에서 공부에 대한 부담만으로도 너는 힘들어했어. 더 힘들었던 건 너에게 상처주는 아이들이었어. 매월 시험을 보고 나면 학급게시판에 성적순이 붙을 때였지. 반에서 공부를 좀 한다는 아이들 사이에서 네가 밉상이었나 봐. 조그맣고 볼품없는 촌뜨기가 자꾸만 그 서열에 끼어들며 이름을 올리니 말이야. 그때 너에게 향했던 아이들의 무시와 혐오스럽다는 말은 네 안에 큰 상처로 남았지.

너에겐 춥고 어두웠던 긴 터널의 시간이었어. 그렇다고 너 자신을 너무 불쌍하게 보지는 마. 아픔의 결을 알기에 너는 배려를 잘하고 좋은 친구들도 많이 두게 된단다. 촌스러운 게 싫었던 너는 서른 즈음부터 옷장에 옷과 가방을 가득 채우며 살게 돼. 여전히 옷 입는 센스는 없지만. 아! 그리고 너는 적어도 공부하라고 자식을 들들 볶는 엄마로 살지는 않는단다. 공부는 요령껏 해야지. 너처럼 공부 폐인으로 사는 걸 바라지는 않으니까.

어수룩하고 혼란스러웠던
20대의 나에게

1999년 늦봄의 어느 날, 한강 둔치 아래에서 불빛에 일렁이는 강물을 보며 혼자 울던 그 밤이 기억나니?

방송국에서 프리랜서로 시작한 사회생활. 출퇴근 시간도 없는 스케줄에 경력을 쌓느라 넌 정말 열심이었어. 누구보다 성실했지만 아쉽게도 그 일에 탁월한 재능이 있진 않았어. 탁월한 감각과 센스 말이야. 어느 날 네가 부딪친 게 그거였지. 네 힘으로 네 능력을 증명해 보여야 할 일이 생겼을 때 너는 그 작은 일조

차 어찌할 줄을 몰랐어.

막막하고 스스로가 무능한 느낌에 좌절하다가 끝내 서러움이 북받쳤지. 그날 밤 한강 둔치에 앉아 흘러가는 검은 강물을 보며 혼잣말을 했어.

'엄마, 나 옛날에 똑똑하다고 소문났었는데 왜 이 정도밖에 안 되는 걸까? 엄마한테 자랑스러운 딸인데 내가 이것밖에 안 되나 봐. 엄마 딸 왜 이렇게 바보 같지. 내가 이 정도밖에 안 되는 딸이라 미안해! 엄마, 엄마, 엄마….'

속으로 눈물을 삼키던 너는 그 자리에서 대성통곡을 하고 말았어. 스물여섯 봄밤 넌 어린 아이처럼 펑펑 울었지. 너는 그때 누군가 잠시 곁을 내주거나 등이라도 토닥거려주길 얼마나 바랐니. 하지만 아무리 둘러봐도 널 위로해 줄 누군가는 없었어. 대신 네 옆에 하얀 오리 배들이 있었지. 손님을 태우고 다니던 오리 배들이 일렬로 묶여 있었어. 그걸 보고 넌 또 얼마나 울었는지. 저 오리 배들도 일을 마치고 모여 쉬는데 너는 집이 있어도 들어가 쉬지도 못하고 이렇게 방황하고 있다면서 말이야.

열정 가득하게 시작한 일이지만 적성 때문에 고민도 많은 시간이었지. 어쩌면 그때가 너에겐 뒤늦은 사춘기였는지도 몰라. 10대 때 너는 요즘 아이들처럼 그 흔한 방황? 반항? 그런 거 한 번 못 하고 지냈잖아. 너는 어떤 사람인지, 무엇을 좋아하고 원하는 사람인지. 너 자신에 대해 고민하고 찾아볼 겨를이 없었지. 너는 그제야 사춘기 같은 방황과 갈등으로 격렬하게 흔들렸어.

너의 어릴 적 상처가 네 안에 사람에 대한 경계와 두려움을 심어놓았나 봐. 그래서 겁이 많고 두려우면 쉽게 포기하고 도망가곤 했지. 그래도 너의 20대를 돌아보면 최선을 다하지 않은 적이 없었어. 언제나 너 덜너덜해지도록 열정과 헌신을 다했지. 아쉬움이라면 20대의 연애였어. 일도 약게 못하는 너는 연애도 젬병이었어. 너는 네가 어떤 놈을 만나게 될지 무척 궁금할 거야. 살짝 말해줄게. 너보다 더 성실한 남자를 만나 결혼해서 나름 잘 살게 될 거라는 거.

다만, '인간은 반드시 성실해야 한다'는 너희 부부의 그 견고한 틀을 너의 아이가 온몸으로 깨줄 수도 있단다. 쉿! 너무 많은 걸 알려고 하지 마. 지금은 여기까지만!

엄마의 자리를 몰랐던
30대의 나에게

'나이 서른에 우린 어디에 있을까? 어느 곳에 어떤 얼굴로 서 있을까?'

이 노랫말 알지? 20대의 치열한 청춘이 너무도 힘겨워서 빨리 서른이 되길 얼마나 바랐었니?

그땐 계란 한 판처럼 꽉 찬 서른이란 나이의 무게감이 좋았어. 균형 있어 보이잖아. 왠지 서른이 되면 가볍게 흔들리지도 않고, 이십 대와 같은 미성숙한 사랑으로부터 자유로워질 수 있다고 생각했으니까.

서른이 되면 더 이상 이리저리 떠다니며 방황하지

않아도 될 것 같았지. 모든 것이 다 안정이 될 것 같아서 서른을 동경하곤 했어. 그러다 정말 서른이 되었고 지금의 남편을 만나 결혼도 했지. '아, 이런 게 정말 인연이란 거구나!' 싶을 만큼 그 사람은 강렬하게 다가왔어. 콩깍지라는 건 그렇게 씌워지나 봐.

서른 넘어 결혼을 하고 아이도 낳았어. 아무것도 모르고 시작된 너의 결혼생활은 말 그대로 시행착오의 연속이었지. 삼십 대의 혈기 왕성한 남편의 사회생활은 말 그대로 하루하루가 전투였잖아? 남편은 날마다 싸워 이겨야 했고 밤늦게 들어오는 날이 많았지. 아이가 생기자 사라진 건 너의 자유였어. 하던 일에도 위축되어 갔어. 그때 너는 자신을 돌볼 줄도 몰랐고 자신을 잃어버린 사람 같았어. 방치되다시피한 건 너뿐만이 아니었어. 오직 엄마의 눈길과 손길만 기다렸을 소중한 아이가 있었잖아. 지친 현실에서 자기합리화였는지 핑계였는지 몰라도 자식은 그저 부모가 뒷모습만으로도 가르칠 수 있다고 믿었지. 그런데 그 생각도 부모 편의에 따른 착각이었는지도 몰라.

부모가 될 때도 우린 왜 부모가 되려고 하는지, 어

떤 부모가 되고 싶은지, 좋은 부모가 되기 위해서는 어떤 노력을 해야 하는지 그런 고민을 했어야 했어. 부모가 되기 전에 자기 삶을 돌아보고 왜 내가 이런 삶을 추구하는지 자기 자신과 배우자를 이해해야 했어. 사람은 결국 자라온 환경 속에서 경험한 것들로 세상을 보고, 사람을 대하고, 자식도 키우게 되니까.

이제 와서 '그때로 돌아간다면?' 이런 생각으로 후회할 필요는 없어. 왜냐고? 이건 좀 각오를 하고 들어야 하는데 말이야. 어차피 너희 부부는 그때 하지 못했던 애착육아? 아무튼 그걸 정확히 15년 후에 죽기 살기로 할 수 있는 기회가 주어지니까. 그때가 되면 몇 곱절로 진하게, 영혼을 갈아 넣듯 다시 육아하는 시간이 올 거야. 힘든 시간이 될 수도 있지만 아이를 통해 너희 부부는 비로소 '부모됨'을 경험하게 될테니 후회 따위는 넣어둬. 여기까지 온 것만으로도 애썼어.

뒤늦게 자신을 찾아 헤매던
40대의 나에게

딸처럼 사춘기를 격렬하게 보내지 않아서 그랬을까? 너는 마흔을 앞두고 너 자신을 찾겠다고 그토록 동분서주하며 바빴잖아?

아이가 유치원을 졸업할 무렵, 하던 일의 방향을 틀어 전업을 준비하느라 바쁠 때였어. 날마다 문화센터와 도서관을 찾아다니며 배우고, 시험도 보고, 대회도 나가고, 자격증도 따느라 몸이 몇 개라도 부족했지. 일주일 내내 배움의 시간표를 꽉 채워 지내던 시절, 함께 공부하던 친구와 자주 우스갯소릴 하곤 했지. '고등학교 때 이렇게 공부했으면 우린 서울대학교를 가고도 남았겠지?'라고 말이야.

　마흔이란 나이는 참 신기해. 스물, 서른보다 삶에 대한 고민이 더 치열해지는 것 같아. 나이로 보면 늦은 듯 하지만 다행인 건 애 키우는 엄마고 아줌마라 그런지 열정과 근성은 최고였어. 역시 아줌마는 강해. 그 시간이 너에겐 두 번째 청춘이었지. 아침부터 눈코 뜰 새 없이 바빴잖아? 시연이가 초등학교 1학년 때 아이를 등교시키는 길에 너는 뛰어가서 독서지도와 동화구연을 배우고, 부랴부랴 달려와서는 하교하는 아이를 맞아 주고. 너도 가만히 보면 대충은 안 하는 것 같아. 열정인지 자존심인지 뭐를 해도 죽기 살기로 했지. 그런데 너의 인생 2막을 준비한다고 네가 그렇게 열심히 뛰어다닐 때 정작 딸은 외롭고 힘들었을 거야. 지인이 운영하는 영어 학원에 아이 수업을 등록하고 수업이 끝나도 몇 시간이나 아이를 맡겼잖아? 놀이터에 가서 놀고 싶어도 시연이는 보호자가 없어서 학원에 마냥 머물러야 했어. 엄마가 올 때까지. 그 시간이 아이에겐 얼마나 힘들었을까. 나가서 훨훨 날고 싶었을 텐데.

　너를 위한 전업이기도 했지만 아이와 함께 행복하려고 선택한 일이었잖아? 그런데 정작 아이는 혼자였어. 그땐 아이의 세상보다 너의 관심과 삶의 이슈가 더 커서 그랬을 거야. 그러다 마흔 끝 무렵에 너는 아이의 '사춘기'라는 혹독한 계절을 맞게 되지.

　"내가 뭘 그렇게 잘못해서, 뭘 그렇게 잘못 키웠다고!"

　세상에서 이렇게 억울한 일이 또 있냐는 듯 분노했어. 사춘기 아이의 부모들이 그 폭풍우 속에서 하나같이 하는 '나는 열심히 산 죄 밖에 없다!'는 말을 되풀이하면서 말이야.

　자식을 키우는데 무엇이 중요한지를 너무 몰랐던 거야. 아무리 바쁘고 힘들어도 자식에게 어떻게든 곁을 내주어야 했어. 네 방식과 기준이 아니라 아이의 방식과 기준으로 말이지. 부모란 자리는 참 힘들어. 너도 알지? 자식이 생기면 누구나 '부모'가 될 수 있지만 '좋은 부모'는 저절로 되는 게 아니라는 거. 너는 아이와 함께하지 못한 걸 뼈아프게 후회하면서 처음부터 다시 육아하는 마음으로 아이에게 최선을 다했지. 아이의 방황을 수용하지 못하는 남편에게 온몸으로 보여줬어. 네가 먼저 너의 틀을 깨고 자신이 부서지는 고통도 기꺼이 받아들였어. 한두 번으로 끝나지 않을 그 과정을 몇 번이고 반복하면서. 너의 노력에 아이는 느리지만 변화와 성장으로 응답해 주었지. 얼마나 다행이야! 더 놀라운 건 남편이지. 절대 안 변할 것 같던 남편이 조금씩 자신의 틀을 허물며 아이를 품어주는 모습은 감동이었잖아. 너의 속도보다 한참 뒤에 따라오는 남편이지만 꼭 너처럼 아파하는 모습을 보며 연민의 마음도 느꼈지. 너희 부부에겐 힘든 시간을 함께 견디며 아이를 지켰다는 연대감이 생겼어. 더러는 원망으로 서로를 할퀴고 상처를 주기도 했지만 잘 이겨냈어.

자식을 걱정하고 자식이 아프면 함께 아파 뒹굴면서 그렇게 부모가 되어가나 봐.

<인생 제 50장>
나의 化樣年華를 위해

올해로 네가 오십이 되었네? 믿기지 않을 정도로 적응이 안 되지? 한때는 시간이 화살처럼 지나가기를 그토록 빌었는데 그게 정말 현실이 됐어.

인생을 책에 빗대면 너는 이제 '인생 제 50장'을 넘어가고 있을 거야. 앞으로 넘겨야 할 페이지보다 넘어온 페이지가 더 많겠지? 지금까지 너무 힘들게 넘어온 것 같은데 남은 페이지는 좀 다를 수 있을까?

이십 대에 너는 간절히 서른을 기다리고, 삼십 대에는 마흔을, 사십 대에는 오십을 기다렸지. 사는 게 힘드니까 왠지 묵직한 나이가 주는 안정감이 좋았잖아? 막상 여기까지 와보니 힘든 건 마찬가진 거 같아. 매번 다른 모습의 도전과 고통을 만나야 했지. 아무리 연습을 해도 쉽지가 않네. 시시각각 모습을 바꿔가며 찾아오니까 말이야. 어차피 삶이란 게 기대대로, 뜻대로 되지 않는 일이잖아. 어디로 튈지도 모르고.

"삶에서 가장 힘든 것이 나에게 일어난 일을 받아들이지 못하는 것이고, 아무리 후회해도 이미 일어난 일이라는 것을 받아들이는 순간, 그 고통을 이겨낼 수 있는 힘이 생긴다(『사는 게 내 마음 같지 않을 때 명리심리학』 정신과전문의 양창순)"고 했어. 어른이 된지 한참이지만 여전히 그걸 깨우치지 못해서 이렇게나 몸부림을 치며 살아, 우리가. 나이가 주는 안정감이란 게 결국 숫자에 달린 게 아니었어. '그럴 수도 있다'는 수용과 언제든 태세전환을 할 수 있는 유연함과 용기에 달렸을 뿐이지.

언젠가 네 딸이 손목에 새겨왔던 글자 기억나? 손

목에 '化樣年華'라고 타투(문신)를 새겨 온 아이가 그랬 잖아.

"엄마가 화양연화를 알아? 인생에서 가장 아름답고 행복한 순간, 삶이 꽃이 되는 순간이야!"

어린 아이 손목에 문신이라니! 너는 놀라서 충격 으로 곧 쓰러질 것 같은데 네 딸은 너무나 아무렇지 도 않게 말했잖아. 네 속이 썩어 문드러지는 것도 모 르고. 자기가 하고 싶은 건 뭐든 직접 해봐야 직성이 풀리는 아이라 네가 정말 버거울 만했어. 하지만 아 이 때문에 네가 성장한 것도 있지. 격렬히 흔들릴 때 마다, 그 격렬한 흔들림조차 너에겐 균형을 위한 몸부 림이었어. 그렇게 흔들리면서도 너는 잘 이겨내 왔지. 무엇보다 아이를 통해서 '너란 사람이 어떠한 사람인 지'를 제대로 알게 됐잖아?

이제는 너도 딸이 말해준 삶을 살아. 삶이 꽃이 되 는 순간! 네 인생의 '化樣年華'로 말이야. 하루 하루를 그렇게 살다보면, 혹시 아니? 네 인생 제60장은 전체 가 화양연화로 너를 기다리고 있을지.

6장

달팽이, 낡은 껍데기를 벗고
상처를 말리다

"치유가 일어나려면 치유가 필요한 곳이
어디인지를 가리킬 수 있어야 한다.
치유가 필요한 영역을 가리키기 전에
치유가 일어나는 일은 없다."
- 문요한(정신과전문의.심학원원장)

어느 순간 왕따가 된 나

"나 지금 싸움 났는데 좀 도와주면 안 될까?"

나는 친구들 사이에서 이미 유명한 아이였다. 소위 말하는 노는 아이. 나는 그랬다.

중학교 2학년, 그때부터 나의 방황은 시작되었다. 어릴 때부터 또래에 비해 손, 발, 체구가 많이 작았다. 초등학교 4학년이 되고 친구들 사이에서 은근한 따돌림이 시작되었다. 별다른 이유는 없었다. 내가 작고 만만해 보였나? 나도 모르는 나의 문제점이 있었나? 나는 전혀 알 수 없었지만 그렇게 서서히 친구들이 멀리하는 아이가 되었다.

초등학교 5학년이 된 후, 따돌림은 더욱 심해졌다. 수행평가를 할 때면 나와 같은 조가 되기 싫다고 우는 아이들, 영어캠프에서 같은 방을 쓰기 싫다고 우는 아이들도 있었다. 차라리 이유라도 알고 싶었다. 나에게 문제가 있다면 고치기라도 하고 싶었다. 어린 나이에 너무나도 큰 상처가 되었고, 학교에 가는 게 점점 무서워졌다. 나를 무시하는 듯한 시선과 말투는 점점 감당하기 힘든 괴물이 되어 나를 괴롭혔다.

5학년 겨울방학이 끝나갈 때였다. 하루하루 숨이 막혀가던 어느 날 밤, 나는 엄마와 나란히 침대에 누워 이야기를 하다 조심스레 말을 꺼냈다.

"엄마, 나 죽고 싶어."

태어나 처음으로 해본 말이었다. 고작 12살짜리 아이에게서 나온 말에 엄마는 적잖이 충격을 받은 듯 했다. 애써 침착한 척하며 엄마가 물었다.

"왜?"

"학교에 가면 숨을 못 쉬겠어. 내일이 오는 게 너무

무서워."

그렇게 식은땀을 뻘뻘 흘리며 잠도 못 자고 힘들어하는 나를 본 엄마는 결국 6학년 첫 등교할 때까지 나를 학교에 보내지 않았다. 귀하게 키운 딸이 친구들 사이에서 그런 대접을 받고 죽고 싶다는 말까지 꺼냈을 때, 엄마는 어떤 기분이었을까. 18살이 된 지금도 감히 상상할 수 없다. 6학년이 되고 새 친구를 사귀었을 때, 5학년 때 나를 따돌리던 아이 중 한 명이 말을 툭 내뱉었다.

"오~ 친구 생겼네?"

그 말에 어찌나 자존심이 상했는지. 얼마나 속상했던지. 친구들의 한마디 한마디가 나에게는 너무나 크게 다가왔다. 그 아이들 앞에만 서면 나는 한없이 작아졌다. 말도 잘할 수 없었고 세상 소심한 아이가 되었다.

초등학교를 졸업하자마자 나는 불안에 떨어야 했다. 중학교라는 무시무시한 곳에 입학해야 한다는 사실 때문이었다. 더 이상 이렇게 살 수는 없겠다고 생각했다. 낯을 가리고 수줍음이 많던 내가 중학교 입학식 날부터 처음 보는 친구들에게 먼저 인사하고 말을 걸었다. 나에게는 믿기 힘든 변화였다. 그 소심하던 아이가? 그땐 그만큼 간절했었으니까. 여러 친구들과 어울리며 노는 게 나는 그만큼 절실했다. 나는 그때 깨달았다. 죽고 싶은 게 아니라 이렇게 살고 싶지 않은 거였다. 앞으로는 나도 남들처럼 친구들과 어울릴 수 있겠다는 생각에 즐겁게 학교를 다니기 시작했다. 하지만 그것도 얼마 가지 못했다. 곧 중학생 여자아이들은 무리를 나누어 기 싸움을 시작했고, 선배들은 새로 들어온 후배들에게 관심이 많았다. 꾸미기를 좋아하는 나는 일찍 화장을 시작했고 당연히 선배들 눈에 띄는 1학년이 되었다. 어쩌면 겉모습에 매달리며 외모를 가꾸기 시작한 건 초등학교 시절 따돌림 때문이었을지도 모르겠다. 나는 남들보다 호감 가는 첫인상을 가져야 했고 두루두루 인기 있는 예쁜 아이가 되어야만 했다. 나에겐 누구보다 친구가 필요했으니까. 눈에 띄는 작은 체구에 눈에 띄는 화장까지. 선배들은 나를 아니꼽게 보기 시작했다. 친구들의 기 싸움에 이리 치이고 저리 치이며 매일을 싸우고 화해하며 지내던 나를 선배들도 가만히 놔두지 않았다. 선배들 주변을 지나갈 때면 항상 욕이 들려왔다. 가끔은 우리 교실로 찾아오기도 했다. 힘도 없고 빽도 없는 나에겐 지켜줄 형제자매조차 없었다.

'아, 나는 스스로 나를 지킬 수 없구나. 내가 그들 위에 올라서야겠다.'

이 생각이 내 방황의 시작이었다.

더 이상 아이들은 나에게 함부로 하지 못했고 친구들 사이에서 살아남기가 쉬워졌다. 나는 여기저기 친구가 많았지만 정작 마음을 나눌 수 있는 단짝 친구 한 명이 없다는 것을 깨달았다. 남자아이들 사이에서만 놀다보니 여자아이들과는 담을 쌓고 지내게 되었다. 함께 수다 떨고, 사진도 찍고, 속 얘기를 할 수 있는 동성 친구가 없다는 건 참 슬픈 일이다. 나는 어느 순간 친구가 많은 왕따가 되어 있었다.

화장, 외모에 올인

    또래에 비해 한참 성장속도가 느렸던 나는 체구가 너무 작았다. 다른 것으로 외모를 보완해야 했다. 작은 손에는 네일아트를 하고 얼굴은 화려하게 화장을 했다. 옷은 일부러 더 여성스럽고 성숙해 보이는 것들만 입었다. 키가 작아 나이보다 훨씬 어려보이는 나는 또래 친구들처럼 성숙해 보이고 싶었다. 그때부터 꾸미는 것에 관심이 생겨서 외모에 무척 신경을 쓰기 시작했다. 이 시기에 엄마에게 고마웠던 일이 있다.

    "화장을 못하게 해도 하고 다닐 텐데, 이왕이면 싸

구려 쓰지 말고 좋은 걸로 예쁘게 화장해라"라며 직접 화장품도 사주셨다. 그게 그렇게 오랫동안 감동이었다. 하지만 예뻐지고 싶은 욕구는 점점 집착이 되고, 화장을 안 하면 밖에 나가지 못했다. 등교 시간까지 화장을 끝내지 못하면 지각을 하면서까지 풀 메이크업을 했다. 처음에는 별생각 없던 내 얼굴이 점점 못생겨 보이기 시작했다. SNS에서는 온갖 예쁜 연예인과 인플루언서들의 사진이 돌아다녔고 나는 그들의 얼굴과 나의 얼굴을 비교하면서 자존감이 바닥을 쳤다. 화장을 해도 못생겨 보이는 얼굴에는 보정을 했다. 보정한 사진 속의 내가 되고 싶었다. 하루 종일 핸드폰을 붙잡고 성형수술만 찾았다. 예뻐지고 싶은 마음은 너무나도 간절했고, 내 마음을 알아주지 못하는 부모님이 미웠다. 예쁜 외모는 나의 전부였다. 정말 전부였다.

탈출? 가출!
개고생과 맞바꾼 해방감

쌍수를 해달라고 아무리 애원해도 들은 척도 안하는 부모님이 너무 미워 난생 처음으로 1박 2일 동안 방 밖으로 나오지 않았다. 우울함의 정점을 찍는 타이밍에 친구들에게 연락이 왔다. 가출을 했던 친구들이었다. 처음에는 그렇게까지 할 생각은 없었다. 다만, 쌍수 얘기만 꺼내면 한숨부터 쉬며 무시하는 부모님이 내 마음을 알아줬으면 했다. 그 길로 나는 시위하듯 집을 나갔다.

태어나 처음 해보는 가출은 개고생이었다. 춥고 배고프고 힘들었다. 혹여나 위치 추적이 될까 봐 다들 폰을 꺼둔 상태였는데, 처음 가출을 해본 나는 엄마가 자꾸 신경 쓰였다. 친구들이 심하게 말렸지만 그래도 폰을 켜서 엄마한테 연락을 했다. 오늘 안 들어갈 거라고.

다시 폰을 끄고 길거리를 정처없이 돌아다니다 찜질방에 들어갔다. 한숨 자고 일어나니 경찰이 와서 부모님께 인계하겠단다. 화가 났다. 억울해서 펑펑 울었다. 하루 만에 집으로 돌아간다니. 내가 생각했던 타이밍이 아니었다. 내 첫 가출은 그렇게 허무하게 끝이 났다.

하지만 집으로 돌아와서도 늘 내 마음은 다른 곳에 있었다. 집이 불편해지고 부모님이 불편해지니 집에 있어도 집에 가고 싶다는 생각이 들었다. 그 당시 교제하던 남자친구가 있었는데 함께 가출을 했다는 이유로 일주일에 한 번만 만날 수 있는 규칙이 정해졌다. 짜증이 솟구쳤다. 매일을 만나도 부족한 남자친구를 일주일에 한 번만 만나라니. 못 만나게 하니 더 만나고 싶었다. 그렇게 불만을 가득 품은 채 지냈다. 하루는 정말 헤어지기가 싫었다. 이대로 헤어지고 또 일주일을 기다리기가 너무 싫었다. 하루종일 붙어있고 싶었다. 견우와 직녀도 아니고 이렇게 연애하고 싶지 않았다. 반항심이 극에 달한 날, 나는 두 번째 가출을 했다. 닷새 동안 이어지던 가출은 아는 언니에 의해 끝이 났다. 밥을 사준다고 해서 갔더니 우리 부모님을 부른 것이었다. 처음에는 도망갈까 생각도 했다. 가출의 뒷감당이 두려웠다. 부모님께 얼마나 혼이 날지 상상도 할 수 없었다.

아빠가 한마디 했다. "엄마 아빠한테 미안하지 않니?" 나는 아무 말도 하지 않았다. 아무 말도 할 수 없었다. 솔직한 그때의 심정은, 안 미안했다. 나는 억압받았고, 자유를 찾고 싶어 나갔다. 처음부터 남자친구와의 만남에 제약을 두지 않았다면 내가 가출할 일은 없었을 거라고 생각했다. 그때가 중학교 2학년이었다. 내 생각만 너무 많이 하느라 부모님 생각은 할 수 없었다. 지금 생각하면 후회되고 너무나 죄송한 일이지만 그땐 몰랐다. 딱히 알려고 하지도 않았던 것 같다. '어떻게 그러고도 부모님께 안 미안하냐, 어떻게 그럴 수가 있냐'라고 묻는다면, 그냥 그때는 그랬다. 철저히 내 생각뿐이었다. 맨날 못하게만 하는 부모님께 원망스러운 마음뿐이었다. 이해해 달라는 것이 아니다. 그냥 그렇다는 거다.

귀가 시간과의 전쟁

나는 지극히 외향형이다. 밖에서 친구들과 어울리며 에너지를 얻는다. 혼자 있으면 우울하고 집에 있으면 무기력했다. 자꾸만 밖에 나가 놀고 싶었다. 하지만 통금이라는 것이 항상 나를 방해했다. 친구들이 한참 놀고 있을 때, 시간이 너무 늦었다는 부모님의 연락에 나는 혼자 집으로 가야 했다. 그게 얼마나 속상했는지, 얼마나 친구들 사이에 껴서 같이 놀고 싶었는지 모른다. 재밌게 놀고 있는 친구들을 두고 혼자 집으로 돌아간다는 것은 여간 짜증나는 일이 아니었다.

나는 통금이 없는 아이들이 너무 부러웠다. 아무리 낮에 놀아도 그 갈증은 해소되지 않았다. 나는 늘 생각했다. 처음부터 그냥 풀어줬다면 신나게 놀다가 내가 지쳐서 그냥 알아서 들어갔을 것이다. 나는 늦게까지 놀고 싶은 마음에 항상 목이 말랐다.

하지만 부모님의 생각은 나와 너무나도 달랐다. 나는 나름 일찍 들어온다고 생각하는데도 부모님께 이미 그 시간은 새벽이나 다름 없었다. 귀가 시간으로 인한 갈등은 너무 심했다.

부모님과 사이가 많이 멀어졌을 때 엄마의 노력은 내 눈에도 보였다. 나와 잘 지내기 위해 너무나도 애쓰고 노력하셨다. 다 알았다. 많이 고마웠다. 그러나 늦은 귀가 시간에 목이 마르던 나는 그 노력에 보답해 드릴 수 없었다. 통금 시간을 늘리는 것이 가장 중요했던 나는 엄마의 노력을 모른 체 하고 보채기 바빴다. 죄송한 마음에 나도 살갑게 다가가려고 노력은 했지만, 원하는 통금 시간을 얻지 못할 때마다 서로를 위한 마음은 까맣게 잊고 엄마를 아프게 할 말만 내뱉었다.

엄마, 내가 이런 딸이라서
미안해

　이모와 저녁 산책을 하고 있을 때였다. 나에겐 어릴 적부터 친구처럼 지내온 이모였다. 그날 엄마와의 갈등과 요즘 고민에 대해 털어놓고 있었다. 그러다 문득, 우리 엄마 아빠한테 너무 미안했다.
　'이런 딸을 원했던 건 아니었을 텐데. 나는 왜 남들처럼 평범한 딸이 되어주지 못할까.'
　하는 생각이 들었다. 이모의 아들이자 우리 엄마의 조카는 평범하게 학교 다니고 학원 다니고 일찍 귀가한다. '우리 엄마는 이모가 참 부럽겠다'라는 생각이

들었다.

엄마한테는 이런 딸이라서 많이 미안했다. 그래도 나는 나 자신이 싫지 않았다. '이런 사람일수도 있지, 뭐 어때!'라고 생각하며 살아왔다. 하지만 엄마 생각만 하면 참 미안했다. 엄마 앞에만 서면 한없이 작아졌다. 평범한 딸이 아닌 것이 죽도록 미안해서.

나에게 SNS란?

요즘 아이들에게 SNS는 없어서는 안 될 연락망이다. 하지만 대부분의 문제는 이 SNS 때문에 생겨났다. 온라인 속에서의 기 싸움은 오프라인에 비해 훨씬 심한 편이다. 나는 나의 자리를 지키기 위해 수많은 SNS 친구들이 필요했다. 친구 관계에 목숨을 걸던 나는 온라인에서도 다른 애들 위에 올라서기 위해 애썼다. 싸움이 일어나면 한참을 대화로 푸는 것보다 서열로 끝내는 싸움이 편했다.

부모님은 몰라,
나의 마음을

대부분의 부모는 본인이 자식에 대해 잘 알고 있다고 생각할 것이다. 하지만 생각보다 부모는 자식에 대해 모르는 것이 너무 많다. 사춘기에 접어들면서 부모님과 대화하는 것이 귀찮아졌다. 모든 말이 잔소리처럼 느껴졌고 부모님 앞에서는 말조심도 해야했다. 당연히 친구와 이야기하는 것이 편했다. 무슨 일이 생겨도 친구들과 공유하지 부모님께 굳이 이야기를 꺼내지 않았다. 이유는 다양했다. 혼날까 봐, 걱정할까 봐, 그 일과 관련된 무엇인가를 못하게 할까 봐 등 점점 부모님과 나눌 수 있는 대화는 줄어들 수밖에 없었다. 괜히 무슨 말을 꺼냈다가 잔소리를 듣고 싶지도 않았다. 혼자 상상의 나래를 펼치며 과한 관심을 갖는 엄마가 부담스러웠다.

또 학교를 다니는 것이 누구보다 힘들었던 나는 중학교를 졸업하고 고등학교는 아예 입학 포기서를 낼 생각이었다. 고등학교를 가보고 싶은 마음은 있었으나 한번 입학하면 다시 자퇴 이야기를 꺼내기가 어려울 것 같아서. 엄마 아빠를 희망고문 하는 꼴이 될까봐 고등학교에 입학하기가 무서웠다.

함께 있어도
그리운 사람, 아빠

아빠는 화가 나면 소리를 지른다. 상처가 되는 말을 할 때도 있었다. 그런 아빠가 미웠다. 좋은데 미웠다. 초등학생 시절, 엄마가 이런 말을 했다.

"아빠랑 너는 고슴도치야. 서로 너무 사랑하지만 껴안을수록 가시에 찔려 아픈…"

그 말을 듣고 깊이 공감했다. 나는 아빠를 사랑한다. 미워도 우리 아빠니까.

초등학교 때 나는 공부를 열심히 했다. 숙제는 미루는 일이 없었고 시험 전날은 밤을 새워 시험공부를 했다. 받아쓰기는 늘 100점이었고 성적도 좋았다. 근데 그게 갈수록 부담이 되었다. 항상 좋은 점수를 받아오던 내가 낮은 점수를 받는다는 건 상상도 할 수 없는 일이었다. 내 자존심에 큰 스크래치였다. 강박이 생겨 늘 힘들었다. 그때 나는, 내가 이렇게 하면 엄마가 좋아할 줄 알았다. 하지만 키가 작은 내가 걱정이던 엄마는 공부하는 나를 칭찬하기보다 빨리 자라며 화를 냈다. 나는 그때 엄마의 칭찬이 듣고 싶었다. 엄마의 인정을 바랐다.

나는 가끔 술에 취한 아빠가 엄마한테 자식교육을 논할 때 굉장히 화가 났다. 엄마보다 나에 대해 아는 것도 없고 엄마만큼 관심도 가져주지 못했으면서 그렇게 말하는 게 무척 싫었다. 무엇보다 나 때문에 사랑하는 남편에게 그런 말을 듣는 엄마한테 너무 미안했다. 그래서 더 싫었다. 아빠가 그런 말을 할 때면 나는 세상에서 가장 초라한 사람이 되었다.

우리 아빠는 보수적이고 고지식한 면이 있다. 그런 아빠와 나는 너무 달라서 갈등을 많이 겪었다. 나도 아빠 때문에 힘들었지만, 아빠도 평생을 가지고 있던 생각을 바꾸어야 할 때마다 많이 아팠을 것이다. 그래서 답답하더라도 내가 조금 더 이해하기로 했다.

다음 생에는
엄마 친구로 태어나고 싶어

우리 엄마가 자책하지 않기를 바란다. 세상 모든 부모님들은 대단한 것 같다. 그중에서도 우리 엄마는 특히 더. 우리 엄마는 모자랄 것 없이 좋은 엄마였고 늘 최선을 다했고 잘했다. 내가 이런 아이인 것을 엄마가 자책할까 봐 많이 두렵다. 엄마 때문이 아닌데 엄마는 늘 본인을 탓하는 것 같다. 모든 걸 주고도 더 주지 못해 미안해하는 엄마 때문에 나는 한참이나 미안함과 후회가 섞인 눈물을 쏟아야 했다.

내가 지금 이런 생각을 하듯, 지금 아무리 본인 생각만 하는 사춘기 아이라도 시간이 지나면 깨닫게 되어 있다. 나를 위해 애쓴 부모님의 마음과 노력을.

"엄마, 있잖아. 다음 생에는 엄마의 친구로 태어나고 싶어. 같이 맛있는 것도 먹으러 다니고, 쇼핑도 하고, 즐거운 시간만 보낼 수 있도록. 부모와 자식 간에 어쩔 수 없이 서로에 의해 상처받고 아플 일이 없도록. 나는 엄마의 둘도 없는 친구가 되고 싶어. 내가 엄마한테 예쁘게 꾸미는 법도 알려주고 사진도 많이 찍어줄 거야. 엄마의 가장 예쁜 날들을 함께 보내고 그렇게 같이 늙어가고 싶어."

상담 선생님이 보내온 마지막 문자 메시지

시연이 어머님, 잘 지내시지요? 지난번 보내주신 문자 내용이 너무도 많은 생각을 하게 해서 이제야 연락을 드립니다.

자녀 문제는 우리 모든 부모의 숙제겠지요.

제가 지난주 시골에서 비닐하우스를 수리하면서 느낀 점이 있습니다. 처음에는 찢어진 비닐하우스를 보면서 속이 상했습니다. 그리고 안타까웠습니다. 그래서 빨리 고치고 싶었습니다. 마음이 앞서다 보니 저를 도와주는 와이프에게 자주 짜증을 냈습니다.

녹이 쓴 부분은 그라인더로 갈고 파이프와 비슷한 색의 락카를 칠하고 찢어진 비닐은 교체하거나 덧대고. 그렇게 오랜 시간을 들여 노력했지만 새 비닐하우스 같지는 않았습니다.

아직도 고민 중입니다. 세월이 흐르면서 쌓인 인생의 흔적, 그 중에 남에게 보이고 싶지 않은 것들을 대하는 마음 말입니다. 그래도 저와 아내의 수고로 비를 막아줄 비닐하우스가 고맙습니다.

  오늘 시연이하고 짧은 통화를 했습니다. 밝은 목소리로 이모댁에 있다고 하더군요. 시연이에게 말했습니다. 좋은 일은 가족과 함께 하고, 힘들 땐 연락하라고.
  그동안 시연이를 만나 상담하고 지도할 수 있어서 좋았습니다. 즐거운 주말 보내세요.

에필로그

엄마의 치유가
아이의 치유를 앞당길 수 있다

"기도는 열심히 하니? 얘, 자식 있는 엄마가 기도하지 않는 건 진짜 용감한 거야!"

어느 선배의 말이 생각난다. 그때 나에게 '기도'는 말 그대로 종교적 의식, 신앙의 상징적 표현으로 들렸다. 그런데 지금 나에게 '기도'는 단지 자식에 대한 축복과 기원만을 뜻하는 게 아니다. 자식을 둔 부모는 겸손하고 정중해야 한다는 '삼가'의 자세가 '기도'라는 말에 담긴 것 같다. 자식에 대해 끊임없이 올라오는 기대와 욕망을 스스로 다잡기 위해 '새로 고침' 하는 시간 역시, 기도가 아닐까?

나는 기도가 많이 부족했던 엄마다. 아이의 마음에 가 닿는 방법을 몰라서 아이와 나 사이에 쌓인 보이지 않는 벽을 돌고 돌아 헤맸다. 무엇보다 아이를 보다가 '사람이나 될 수 있을까?' 하는 생각을 참으로 많이 했다. 한참 잘못된 생각이었다. '아이가 사람이 될 수 있을까?'가 아니라 '내가 제대로 된 부모나 될 수 있을까?'라고 질문했어야 했다.

아이의 사춘기 앓이 내내 나는 '내가 얼마나 미성숙한 양육자인지'를 인정할 수밖에 없었다. 수렁에 빠져 허우적거린 시간이 길었지만 그 속에서 빠져나가려고 용을 썼던 시간을 헛수고라 생각하진 않는다.

아프면서 크는 건 아이만이 아니다. 아이 때문에 힘들었던 내가 아이 덕분에 성숙해가고 있음을 느낀다. 아이의 치유가 곧 엄마의 치유이나 그게 마음대로 되지 않을 땐 순서를 바꾸는 것도 방법이다. 엄마가 먼저 자기 돌봄을 통해 치유를 시작하면 아이가 자기만의 안식처인 엄마를 찾아와 비로소 자기 치유를 시작할 수도 있다.

이 글을 쓰고 제일 먼저 딸한테 책으로 엮어내도 되겠냐고 물었다. 물론 실명은 언급하지 않기로 했다. 시연이는 자기 이야기라 궁금했는지 엄마의 글을 밤새 다 읽고는 "엄마는 하나도 안 잊었네? 나는 엄마 글을 보면서 잊었던 것들이 막 생각나던걸?"이라고 말했다. 그리고 다음 날 시연이는 밤을 새워 내 글에 자기의 글로 화답해 왔다.

"엄마 글을 보니까 그때 내가 왜 그랬는지, 내 마음은 어땠는지를 같이 비교해서 볼 수 있게 넣어도 좋을 것 같아"라며 지난 시간, 자신의 이야기를 장문의 원고로 정리해 주었다.

자기 이야기를 한다고 질색팔색 하는 게 아니라 되려 보태주는 걸 보니 그 무서운 사춘기가 정말 점점 꼬리를 내리고 있는 것 같다. 무엇보다 시연이의 글에서 가장 반가웠던 말은 '다음 생에는 친구로 만나자'는 말이다. 나에게 이번 생은 엄마로서 연습의 시간이었다. 이제 준비를 좀 마친 듯 하니 부족한 엄마지만 다음 생에 한 번 더 와 주면 조금 더 잘할 수 있을 것 같다고 했더니 아이가 그렇게 말해준 것이다.

하긴 이번 생에 엄마로 실컷 살아볼 테니 다음 생엔 죽이 잘 맞는 친구로 만나 신나게 놀아보는 것도 좋은 생각이다.

요즘 시연이는 검정고시 고득점을 목표로 공부란 걸 해보고 있다. 남편과 내가 공부엔 때가 있다고 아무리 얘길 해도 소용이 없더니 은근히 또래를 의식하며 자기 방식과 자기 속도로 학업을 이어가고 있다. 수학 문제가 풀려질 때의 쾌감, 전에는 이해하지 못했던 것을 지금은 이해할 수 있어서 느끼는 성취감. 그런 감정을 이제야 하나씩 느끼며 즐기는 것 같다. 이제는 자꾸 내 마음이 앞서가려 하는 것에 경계가 필요할 뿐, 아이는 아이의 속도대로 가고 있다.

아이의 일로 좌절할 때마다 '엄마가 죽어서 될 일이 아니라 아이가 커야 될 일'이라고 나를 붙들어준 독서치유심리학자 김영아 교수님, 불안이 올라올 때마다 스스로 불안을 견디는 연습을 알려준 문요한 마음연구소 소장님 그리고 지나온 시간에 대한 나의 이야기를 기꺼이 들어주고 손잡아 준 모든 분께 깊은 감사를 전하고 싶다. 한때는 내게 아이만큼 힘든 대상이기도 했으나 이제는 전우애와 존경으로 함께하는 든든한 양육파트너 남편에게도 감사를! 그리고 한 가족의 이야기를 귀담아 들어주고 미성숙한 엄마의 몸부림조차 귀하게 바라봐 준 출판사, '자상한시간' 대표님과 편집자님께도 고마움을 이렇게 대신해본다.

2023. 마침내 맞이한 봄에

껍데기를 잃은 달팽이

1판 1쇄 발행 2023년 6월 19일

지은이 나봄
펴낸이 박경애
편집 박경애 정천용
디자인 정은경
표지 일러스트 인지

펴낸곳 자상한시간
출판등록 2017년 8월 8일 제 320-2017-000047호
주소 서울시 관악구 중앙길 59, 1층
전화 02-877-1015
이메일 vodvod279@naver.com

ISBN 979-11-982403-1-6 03810